Natureza Morta

Natureza Morta
José Fontenele

© Editora Moinhos, 2019.
© José Fontenele, 2019.

Edição: Camila Araujo & Nathan Matos

Assistente Editorial: Sérgio Ricardo

Revisão, Diagramação e Projeto Gráfico: Logolândia

Capa: Sérgio Ricardo | Logolândia

Dados Internacionais de Catalogação na Publicação (CIP) de acordo com ISBD

F683n
Fontenele, José
  Natureza morta / José Fontenele. - Belo Horizonte, MG : Moinhos, 2019.
  162 p.; 14cm x 21cm.
  ISBN: 978-65-5026-005-7
  1. Literatura brasileira. I. Título.

2019-882
CDD 869.8992
CDU 821.134.3(81)

Elaborado por Odilio Hilario Moreira Junior – CRB-8/9949

Índice para catálogo sistemático:
Literatura brasileira 869.8992
Literatura brasileira 821.134.3(81)

Todos os direitos desta edição reservados à Editora Moinhos
editoramoinhos.com.br
contato@editoramoinhos.com.br

Para Fran

Que nada se compare ao incomparável
por ser da folha a razão da árvore.
O que existe sem o outro, existe ao meio,
meio feito, meio desfeito.

Elegia, Thereza Christina Rocque da Motta

Todas as cores escondidas
Nas nuvens da rotina
Pra gente ver
Por entre os prédios e nós
Pra gente ver
O que sobrou do céu

O que sobrou do céu, O Rappa

Prólogo

Mesmo que as sagradas escrituras esclareçam o contrário, a mulher nasceu foi no subterrâneo. Certo ponto chateou-se. Deixou para trás as fissuras do Hades e decidiu subir de mansinho à superfície. A ganância pelo horizonte fez com que a feminina encontrasse um rapaz adormecido em um jardim frutífero e animais nada peçonhentos. Experiente na arte da sobrevivência, a mulher localizou rapidamente os sexos e as formas entre eles e resolveu permanecer como cobaia no jardim primaveril dando-se por desconhecida dos fatos; como se nascesse naquele instante sem memória de suas impurezas ou desmazelas.

O momento era favorável à nova moradora: Adão procurava alguém que representasse a função dele de ser mais inepto entre os habitantes do jardim; e deus não queria perder discípulos, afinal se eliminasse a criatura recém-chegada abortaria pelo menos metade de seus atuais e futuros fiéis. Ela sorriu de forma indiferente, fez-se tonta e desajeitada, e recebeu o nome de Eva. Nós, os outros, em deslumbramento, ficamos enfeitiçados porque nascemos naquele jardim virgens quanto à natureza do suave corpo alheio.

E com tanto embelezamento, tanta feitiçaria, não ficamos verdadeiramente apoquentados ou turrões quando ela nos contou do incidente com o réptil. Até porque, imagine qual pecado a serpente, nascida naquele jardim introdutório e pleno de beleza, ensinaria à Eva? Desconfiávamos que fora o contrário; quando o réptil sibilou da macieira e projetou o corpo em mínimos e rasteiros solavancos de microscópicos pés entre os galhos úmidos, banhados ainda com o recente astro solar, desejando tentar a pretensa inocente com os avanços recentes do pecado, foi a feminina que tratou de informar ao animal que aqueles ensinamentos eram ultrapassados. Aqueles mistérios não eram tão mistérios assim para a libido masculina,

Eva contou. Por isso, temos certeza, foi ela que ensinou ao réptil as novas práticas e mandamentos, os enlaces, as poções que farfalhavam nos caldeirões das reentrâncias da terra onde os recém-diabos eram alfabetizados na luxúria permanente do corpo. Quando a serpente eriçou-se, ávida por todas aquelas posições e fórmulas, danças e segredos, a mulher exigiu um sacrifício, e é por isso que hoje o réptil não tem mais os pequenos pés que lhe aceleravam a movimentação e sobrevivência.

Quando veio o castigo divino, a serpente, como sabemos, não tem aquele sorriso desconcertantemente belo que somente o feminino ostenta, o réptil não tem aquele rosto desanuviado como se adivinhasse constantemente as nuvens ou ficasse a se proteger das imperfeições do pecado por simples falta de inteligência. Por não ter essas qualidades que tão bem vestem o feminino, deus puniu o réptil e exigiu de Adão uma audiência — que deus é muito importante e só assunta outros com a formalidade de uma grande empresa. Adão, agora enternecido por não ostentar mais as burrices que o qualificavam como primeiro habitante, falou do pecado como cá temos os amigos que nos procuram em quaisquer ocasiões para desabafar a vida, que é um fardo. Por demonstrar toda essa parte de sabedoria antes escondida — deixando claro, desde o início, que a consciência por vezes é nosso punhal —, Adão acabou por condenar a mulher justamente porque sabia que do casal era ela quem receberia qualquer punição e permaneceria raiz de si mesma; como já persistia nas entranhas da terra, no solo seria tarefa das mais amenas. Conclusão: foram separados e expulsos do jardim primordial Adão, Eva e os animais.

DELE

1.

Pareceu-me um porco o doutor que entrara no leito. Tão gordo, viera de lado encolhendo a barriga nada modesta. O focinho era rosáceo, bem cuidado, com bochechas grandes envernizadas, orelhas corpulentas caídas, papada encobrindo o pescoço e o olhar transversal próprio aos médicos. Atrás dele um porquinho semelhante, embora de menor tamanho e com a pança contida. Os dois vestiam jalecos impecavelmente brancos e o menor carregava uma prancheta perto do peito. Cumprimentei-os com a devida cautela dos pacientes e perguntei por minha esposa. Qual o diagnóstico? Mas eles nada me responderam. Quando finalmente disseram algo, ouvi grunhidos estridentes de um idioma bárbaro. Pedi que repetissem, mas o médico-porco torceu o rosto e não disse nada. Ele conferiu os aparelhos, os remédios sobre a cabeceira, e grunhiu algumas coisas ao assistente, que anotava tudo. Eu nada entendia. Essa linguagem da Medicina me pareceu muito exótica. Subitamente deixaram o leito e voltei a ficar sozinho com Laura.

Nunca conheci alguém vítima de overdose. Pediram para eu manter a calma quando me ligaram há duas horas porque Laura não estava no grupo de risco. Com pouco mais de trinta anos e sóbria de vícios, o organismo da minha esposa é forte o suficiente para lidar com a lavagem estomacal. Contudo, havia a espera. A percepção de tempo era irregular entre nós, enquanto cada segundo para mim era montanha, para ela não passava de antecâmara do sonho. Laura sorri sem mostrar os dentes, conserva uma pureza superior à higiene do leito.

Mas havia a overdose.

Calmante, disse-me a voz metálica ao telefone quando atendi no trabalho. Calmantes? — perguntei. Uma dose para derrubar cavalos, senhor. Vinte e quatro horas em observação após a lavagem estomacal. Vamos aguardar o organismo dela reagir, mas tenha calma, ela não está no grupo de risco. Outra pergunta, eu disse, quem a encontrou em casa? A pessoa não se identificou, senhor. Desliguei sem perguntar como eles sabiam que Laura não estava no grupo de risco.

    O ambiente cândido me impulsionava o exame de consciência e eu repetia que apesar das afirmativas dela, não era um estúpido competente. Antes, vestia o silêncio como uma roupa bem presa ao corpo. Contava isso baixinho no leito do hospital e tinha certeza de que ela me ouvia porque eu segurava a sua mão alva com sutileza e a maquininha que registrava o coração desdobrava-se em picos iluminados. Ela me ouvia. Apenas optava pelo repouso, como quando, à noite, eu chegava devagarinho após o excesso de trabalho e deitava na cama mudando o lençol de posição. Naquele momento íntimo do lar, ela ouvia meu corpo afundar o colchão, mas escolhia o silêncio certa de que ceder alguma coisa é a chave que garante sobrevida aos relacionamentos.

    Nunca conheci ninguém com overdose. Os pais dela acredito que também não, o senhor e a senhora Tomás Coelho, que entraram. Uma enfermeira com a prancheta na altura do peito os conduzia. Levantei-me de sobressalto e percebi que o uniforme de recepcionista do hotel ainda me cobria o corpo. A mãe correu para a filha com lágrimas nos olhos e logo foi orientada pela enfermeira para não comprimir o busto em longo abraço. Os aparelhos são sensíveis, explicou. A sexagenária repetia minha filha minha filha tentando abarcar carinho e saúde com o gesto, mas a enfermeira a refreava acusando a proteção dos aparelhos. As lágrimas rolavam cintilantes. Uma tragédia, soluçava a mãe, envenenamento? párias se envenenam, homens mortos jogados nas ruas se envenenam, não a minha filha. O que vão dizer por aí? que ela tentou se matar? não, a minha filha não. Fora da cena, fui guinado à superfície do momento pelo soco feroz do marido dela. A parede bege do leito hospitalar refreou o meu corpo e a dor especialmente localizada no rosto me recobrou a humanidade. Foi tudo tão rápido. Os olhos dele marejados contendo a dor, o lamento da esposa acendendo perguntas e a Laura quietinha como criança sem pecado. Mas para nós havia falhas.

A verdade é que não tínhamos filhos vivos e os pais dela, a irmã dela, e a maioria dos nossos amigos, perguntavam por uma criança loura ou morena, azul ou amarela, esguia ou rechonchuda, mas não havia sequer um ramo sendo nutrido no corpo sereno de minha esposa. O pai dela sabia e talvez me acusasse pelo passado infeliz. O descontentamento inflamou a ira e o soco foi a resposta mais humana dele. A enfermeira me ajudou a levantar e em seguida saí do quarto, sem voz.

Pretendi voltar ao leito.

Pretendi, no meio daquele ambiente gérmen de lágrimas familiares e socos inesperados, pretendi dizer ao pai dela, aquele leão-marinho gordo e sisudo, com bigodes longos e pontudos, focinho reluzente de sol à beira-mar, olhos grandes de soberba, pretendi pegá-lo pelos bigodes e esbravejar que eu também estou em coma, não só a filha dele, minha esposa, aquela que, conscientemente, fez um voto eterno de amor na pobreza e na riqueza, na míngua e na bonança, com ou sem filhos pela casa, aquela que me colocou a aliança de maneira dócil e sincera, polegada por polegada, aproveitando que os cinegrafistas contratados por ele filmavam toda a cerimônia com *closes* espetaculares e tomadas emotivas, aquela que me beijou no altar da igreja suntuosa de flores como se adquirisse de mim algum presente dos mais imprescindíveis à sobrevivência, pretendi dizer a ele que também eu estava inconsciente naquele leito, confabulando no silêncio íntimo a causa do nosso passado desalegre e funerário. Depois socaria aquele focinho lustroso para deixar claro que uma criança real ou pretendida nunca é a causa de qualquer envenenamento ou *overdose*. A causa de todo envenenamento é cotidiana, a causa de todo envenenamento são as porções de agentes nocivos que ingerimos paralelamente à tentativa impetuosa de viver.

Tudo isso pretendi dizer a ele. Contudo, do lado de fora do leito hospitalar, minha face ainda pulsava com o soco quente perto do olho esquerdo.

Ela não quis se matar. Foi o que Olívia, a irmã da minha mulher, disse. Em seguida se sentou ao meu lado no corredor oferecendo o ombro ao desabafo. Concordei apenas, sem qualquer palavra. Observava a palidez do hospital desnorteado com o telefonema, a *overdose*, o soco e o fato de ainda estar vestindo o uniforme do hotel. Ela não quis se matar, Olívia repetiu. A Laura me dizia que estava se sentindo vazia, ela completou. A minha irmãzinha tinha isso de se preocupar em se sentir cheia ou vazia como um vaso. Por isso pintava. Aqueles desenhos aconteciam quando o dique particular dela transbordava e o filete de rio caía na tela em branco. O problema é que ela não pintava há meses. E tem aquelas memórias no corpo dela.

É verdade, concordei após o silêncio.

O problema é que corpo vazio não vive, ela continuou. É como se enganasse os próprios órgãos, arquitetando funções sem qualquer propósito. Corpo de mentira. Órgãos de mentira. Vida de mentira.

Preciso voltar ao trabalho, interrompi. Seus pais estão lá dentro.

Olha, não precisa esconder o rosto. Imagino o que meu pai fez. Ele é mal com as palavras, por isso não sabe ser esguio, deixa sempre uma marca por onde passa. Mas entenda como um conselho. Algo não está certo. Talvez porque vocês sejam jovens e agem como velhos. Acabaram de passar dos trinta anos e andam com problemas no trabalho, na vida a dois, como se já fossem cinquentenários. Vocês falam velhos, agem velhos. Ela não consegue pintar, os bebês não nasceram, você não consegue mais brotar uma criança. Tem algo que deseja me contar?

Você sabe quem encontrou a Laura e chamou a ambulância? — interrompi.

Não, disseram que a pessoa não quis se identificar.

Preciso voltar ao trabalho.

2.

— Damião, alinha essa gravata, rapaz. E esse colete amarrotado? Desce na lavanderia e vai passar isso. Tamara, troque esse batom vermelho por tons pastéis. Único lugar que essa cor faz parte do trabalho é na esquina da prostituição.

À noite, o senhor Bonfim nos gerenciava com sua voz grossa e corrida. Surgia sempre devagar, enganava com os passos curtos, mas era um sujeito quilométrico, longas avenidas lhe desfilavam pela boca. Na altura do coração, um broche dourado com o logotipo do hotel. Conversei com ele para trabalhar outro turno e conseguir ficar em casa quando a Laura receber alta, e fui atendido.

— Atenção, mais um turno de trabalho e eu quero lembrá-los de que, enquanto estivermos vestindo esses uniformes, somos os primeiros balizadores humanos do país para os estrangeiros. Os taxistas são todos extraterrestres, vocês sabem. Nós não, somos autênticos até a raiz dos pés. Quando o turista ultrapassa aquela porta, prestem atenção, quando ele passa por aquela porta, o que ele espera é que sejamos mais brasileiros que os outros brasileiros. Cidadãos acima da média, como se pudéssemos ser importados e vendidos como produtos genuinamente tupiniquins. Fui claro?

O senhor Bonfim era um pouco mais velho em relação a mim e ocupava a função que eu queria: gerente. A bem da verdade, viera com experiência de um estabelecimento cinco estrelas para adicionar uma às três do nosso hotel. Tinha apenas quatro meses conosco e transbordava o viço do entusiasmo — um fascínio convicto por trabalho o cobria, e nós, os gerenciados, recebíamos essas lufadas de estímulo como pessoas presas a um elevador sem qualquer escapatória. Talvez fosse bem nascido, supunha.

— Todos nós somos acima da média enquanto estivermos aqui. Eu, o Damião, a Tamara, a Janice na recepção, a Cidinha, a dona

Ofélia, a Giobertina, a Bárbara da limpeza, o Oséias, o Valcir, o Pôncio, a Marta e o Casemiro da cozinha, o Waldomiro e o Gusmão da portaria, a dona Carmen, a dona Odette e a Kátia da lavanderia, o Giovatan, o seu Clevérson e o Tonico da segurança, o Esteves, o Noberto, a Pâmela da administração. Todos. Entenderam?

Terno impecavelmente alinhado, barriga para dentro, a boca de hipopótamo do senhor Bonfim projetada para frente e irremediavelmente aberta. Face lisa, mas pelos curtos lhe cobriam a testa pequena.

— E sabe por que eu sei o nome de todo mundo do meu hotel? Porque aqui tratamos cada um como pessoas, como demasiadamente humanos, para citar alguém mais sábio do que eu. Mas não se apressem em julgar o caráter compulsivo da expressão porque mesmo demasiadamente humanos, vestimos esse uniforme, carregamos esse logotipo na altura do peito, temos uma função — ele abriu os braços, paterno. — Entretanto, é claro que podem contar conosco na escalada de suas vidas. Inclusive, recebi a notícia da tentativa de suicídio e internação da sua mulher, Damião, espero que tudo de bom ocorra a ela, no sentido de viver, é claro.

— Não foi uma tentativa, e muito menos um suicídio, senhor Bonfim, ela apenas errou na dose do calmante — expliquei, antes que a Tamara imaginasse algo duvidoso.

— Certo, então troque os calmantes por estimulantes, afinal estimulamos o estímulo, encorajamos a coragem. Conte conosco, ok? Tamara, troque esse batom, tons pastéis. Breve faço outra ronda.

O senhor Bonfim se afastou com a mesma eficiência de antes.

De longe, éramos observados pelo Waldomiro.

O Waldomiro é um cão. Assim me parece. Guarda a porta giratória do hotel à noite com subserviência e lealdade superior a qualquer profissionalismo. O edifício é para ele algum país e por isso o serve como o mais assíduo dos patriotas. Cabe à função sorrir a todo o tipo de gente, e apenas isso lhe é custoso. Suas bochechas caídas com olhos de compaixão não são agradáveis à simpatia. O gerente o ensinou a ser funcional, e isso basta ao país que serve. Um cidadão exemplar. Em contraste, quando tinha alguma folga ou dirigia aos outros funcionários qualquer palavra, o Waldomiro mordia, latia mostrando os dentes, para que relembrássemos que ainda era cão.

A Tamara sai para refazer a maquiagem e o Waldomiro chega até mim.

— Ouviu que a Tamara deixou outro homem escapar? Aquela piranha.

— Quem te contou, Waldomiro?

— Todo mundo sabe. Ela só quer fuder. Ela só quer fuder. Tô te dizendo. Tu que é burro de fazer trabalho por ela.

— Ajudo a Tamara por causa do filho pequeno — respondi, sem olhar.

— E daí? Todo mundo tem peso nas costas. Todo mundo sabe o que carrega. Agora, tu ficar se matando porque ela não segura nenhum homem, é burrice. Ela só quer fuder.

Tão próximos estávamos, notei o focinho dele brilhar.

— Quem desdenha quer comprar, não é isso que dizem?

— Tá maluco, Damião? Mas se fosse eu, só pegava pra fuder. Metia no meio das pernas dela até revirar tudo. E quando pedisse para parar, colocava ela de quatro, dedava o cu, e enfiava até acordar o filho. Com proteção que eu sei que ela tem doença. Depois ia embora com ou sem choro de criança. O problema é ela gamar. Aí não pode. Só tenho esse trabalho e não quero ficar aturando ela. Mas se fosse eu, só pegava pra fuder.

A Tamara mora no subúrbio. Apesar das duas horas até o hotel, não quer sair de lá. Todo mundo se conhece, todo mundo se ajuda. Ontem mesmo, ela contou, o filho dormiu na dona Graça, a vizinha da frente. Tamara chegou de madrugada e foi beber com a prima por conta de uma dor de cotovelo. Todo mundo se ajuda, ela diz. A prima emprestou a roupa e Tamara pagou duas rodadas no último botequim que encontraram aberto. Voltou para casa de manhãzinha, o filho ainda dormindo, e a dona Graça disse que ele podia ficar lá até mais tarde. A Tamara agradeceu e foi dormir bêbada com um balde do lado da cama. Acordou e veio direto pra recepção do hotel. Volta e meia ela ajuda com as compras da dona Graça e fica tudo na santa paz. Mãe solteira, sem família, sobrevive do hotel.

Tamara não costuma latir, quando muito solta um ganido fino como se estivesse com vontade de alguma coisa. Aí é quando eu penso que ela pensa no Waldomiro porque ela está se acachorrando igual ele. As orelhas estão caindo e os olhos ganhando o negrume de uma piscina de piche. O focinho também está nascendo, uma protuberância acastanhada com pelinhos curtos que combina com o corpo moreno dela.

A Tamara volta, o Waldomiro sai.

— Fala mais da tua mulher, ela está bem mesmo? — me pergunta recompondo-se no balcão de atendimento. Os lábios estão de acordo com a ordem do senhor Bonfim.

— Os pais dela estão no hospital agora.

— E quer dizer que mesmo com calmante a pessoa pode se matar?

Olhei para o focinho dela em silêncio. Me afastei da bancada andando de um lado para outro. Nenhuma chamada no interfone, nenhum cliente no saguão esperando atendimento. A Tamara continuou me olhando infantilmente como quem pergunta qualquer banalidade. O Waldomiro perto da porta giratória treinando o sorriso feio.

— Ela não queria se matar — disse, inquieto com essas palavras.

As orelhas delas reviraram-se de espanto.

— Não foi isso que eu quis dizer. Não no sentido literal...

— Vou ao banheiro.

3.

Eu e a Tamara éramos invisíveis das onze às cinco da manhã. O hotel estava com pouco mais de quarenta por cento dos quartos ocupados e não fazíamos mais do que responder telefonemas ou dúvidas das mais repetitivas.

À meia-noite nos liga o hóspede do 304.

— Recepção?

...

— Uhm... entendo... o barulho persiste?

...

— Claro, senhor, entendo perfeitamente. Vou me encarregar disso. Pedimos desculpa pelo incômodo.

Desligo.

— O que foi? — pergunta a Tamara, olhos gigantes.

— Sexo no 305.

A Tamara me observa com um sorriso lascivo. As orelhas dela estão em alerta, altas e duras, prontas para captar qualquer sinal de luxúria.

Disco o 305. O telefone toca quatro vezes antes da voz masculina me atender do outro lado.

— Senhor Monteiro? Desculpe pelo telefonema a essaa hora, mas a sua televisão está muito alta, poderia, por gentileza, diminuir o volume?

...

— Houve uma reclamação sobre o volume do seu aparelho. Alguns hóspedes são mais sensíveis ao som, poderia diminuir o barulho, por gentileza?

...

— Muito obrigado. Muito obrigado. Tenha uma boa noite.

Encerro a ligação. A Tamara continua sorrindo com suas bochechas magras e meio acachorradas. Trocara o batom por conselho do senhor Bonfim, um tom pouco mais claro que a pele morena dela.

— É foda a gente não poder dizer para eles não transarem tão alto.

— Como disse?

— Não podemos ir direto ao ponto, ligar e dizer, senhor, se quiser transar mais alto durma em um quarto executivo ou procure um motel. No econômico as pessoas não fazem sexo, elas dormem de cansadas, não têm dinheiro para aproveitar uma foda ocasional.

— Normas da casa.

— Eu sei. É sempre "a sua televisão está muito barulhenta, tem certeza de que o seu rádio não está ligado no último volume?" É engraçado que eles demoram a entender o código. As meninas da limpeza encontram cada coisa quando vão limpar esses quartos pela manhã.

— Olha, vamos trabalhar. Quero que o tempo passe rápido hoje — interrompi, minha cabeça ainda no hospital.

Teclo no computador o motivo da chamada na lista de reclames dos hóspedes.

— Não está mais aqui quem falou — retrucou Tamara, cruzando os braços no balcão deserto.

Voltei a teclar no formulário de reclamações.

— Eu também tenho alguém me esperando, sabia? Meu bebê.

— Acho que você não entendeu. Do ponto de vista coletivo, minha mulher tentou se matar — a memória puxou Laura sorrindo com os aparelhos apitando no hospital. No momento seguinte, a dor na minha bochecha e a temperatura do meu corpo crescem.

As orelhas da Tamara, antes rígidas, caíram perto do focinho; ela envergou o pescoço ligeiramente para a esquerda e os olhos adquiriram o semblante plácido.

— Não perguntei isso, Damião.

Como fiquei em silêncio, preencheu a conversa.

— Mas é rápido, você vai ver, amanhã de tarde ela estará em casa pintando de novo. Eu já te agradeci por ter dobrado por mim na quarta passada? Você é uma boa pessoa, Damião. Isso é fase, vai passar. Pode ficar tranquilo.

— Não me venha com essa, Tamara. Não tem como eu ficar tranquilo. Mulher na UTI e a lotação ruim do hotel.

— Tá falando da demissão se as coisas não melhorarem?

— Claro, o que mais podia ser? Estou a quase quatro anos esperando a droga da quarta estrela para quem sabe uma promoção, mas vem o senhor Bonfim, pega a gerência, e ainda temos essa ameaça do olho da rua.

— Não é apenas para você, gostosão, a ameaça é para todos nós.

Os sons que a Tamara emitia não me tocavam. Eram baixa trilha sonora diante da sequência de eventos que subitamente me invadira o espírito — a perda da gerência, a internação da Laura, o senhor Bonfim faceiro, a baixa do hotel e a ameaça de demissão —, tudo uma onda quente-fria de invalidez tomando conta do meu corpo até arrebatar o meu esforço de continuar em pé. Sentei no meu posto, zonzo, e a minha companheira de recepção ainda gesticulava quaisquer sons. Eu apenas observava o vazio por trás daquelas orelhas caídas e não sabia se meu rosto sorria ou não.

* * *

Os trens eram todos ocupados por animais.

Os ônibus eram todos ocupados por animais.

Todo o dia era forçado a ultrapassar bicos, penas, patas, narizes que ninguém sabe o nome, cascos, asas, falsos pés, e toda a sorte de animália possível. Por vezes fingia soneca em pé ou sentado para não ter que encarar aqueles meio-homens-meio-animais pelo caminho. Mas na rua, nos ônibus, na contaminação do dia a dia, quando os animais passavam por mim, sentia a espinha doer ameaçado pelo ambiente das feras. Encontrando uma pessoa, apressava-me em ficar ao lado dela como se acabasse de encontrar um companheiro em diminuta ilha. Conversava, fingia amizade. É bom não demonstrar medo do zoológico que persiste ao redor. Descendo, subindo, andando, a atmosfera degenerada era a mesma. Eles esgueiravam-se pelas beiradas dos momentos como esse casal andando pela rua ao meu lado. Evitam os obstáculos com facilidade e conversam sobre qualquer política do jornal. Ambos encasacados e de calça *jeans*. Contei oito pés na mulher e um sapato vermelho em cada um deles. As pernas se movimentam como pistões de um carro — para cima para baixo para cima para baixo precisas rápidas seguras uma atrás da outra. O olhar dela percorre rapidamente o meu. O acompanhante continua na política. Ele tem lábios grandes e os braços parecem sair pela gola do casaco: seis deles. Os dois principais são mais longos e ondulam pelos ombros da parceira. Deixo de prestar atenção porque estou próximo de casa e começa a chover.

4.

Na primeira noite, não notei o Hipólito. Tão cansado estava naquela terça-feira após o retorno de Laura que não me incomodei com o elefante à mesa. Pensei se tratar de uma dessas miragens que antecedem o sono. Na segunda noite, contudo, logo após um chuvisco incomum de primavera, encontrei o Hipólito confortavelmente sentado no meu sofá da sala teclando no computador e com os pés acolchoados nas almofadas. Ele me sorriu de uma maneira simpática como os amigos o fazem, ajeitou os óculos grandes e voltou às teclas. Tinha cabelos curtos e morenos, comportados, que contrastavam com o rosto bochechudo. A tromba, grossa na altura do nariz, equilibrava perfeitamente os óculos e ia perdendo circunferência ao projetar-se à frente em curta distância. Observei-o por uns segundos antes de resolver entrar na sala. Ele apresentou-se de forma natural e cheguei a pensar que miragem era aquela que emitia sons. Laura disse que o seu jantar está no micro-ondas, contou o Hipólito. Ela foi para a cama mais cedo. Como não esperava qualquer resposta minha, voltou a teclar na meia luz da sala. Os chuviscos quentes da primavera borrachuda continuavam do lado de fora.

Quer dizer que você é escritor, perguntei. Exato. Quer dizer que minha mulher o convidou para ficar aqui conosco, perguntei novamente, guiado por memórias fragmentadas. Chame de residência literária. Andei até a cômoda ao lado da porta para depositar a chave e o meu casaco úmido. E quanto tempo você espera residir literariamente aqui? Sua mulher me contou do quarto de hóspedes vazio e do desperdício de espaço. Ela não me deu um limite de dias, disse que eu poderia terminar o meu romance tranquilamente. E é um romance longo, incrédulo, perguntei. É daqueles que orgulhariam Dostoiévski. Imagino que seja muito difícil agradar

Dostoiévski. De fato, mas temos tempo, se importa de eu voltar a dar atenção ao romance agora, essas conversas casuais me tiram o foco. Concordei sem dizer nada e andei até a cozinha.

Sequer perguntei à Laura sobre Hipólito. Na cama, antes do descanso noturno, minha mulher dizia-me telegraficamente apenas o necessário. Ele é uma boa pessoa. Quarenta e três anos. Os pais pensam que ele é homossexual. Viu as ameixas e as bananas na fruteira? Hipólito comprou. Viu o fogão brilhando? O Hipólito limpou. Ele organiza as nossas contas por datas de vencimento e se ofereceu para pagar luz e água até terminar o romance. Não neguei porque ele disse que seria um demérito, ele me ensinou essa palavra. Só escreve à noite. De costas para minha mulher, adormeci.

Dois dias depois, o Hipólito era uma sombra grande e atenciosa em casa. Não precisava me queixar por qualquer problema com arrumação, pois o Hipólito isso, o Hipólito aquilo. Imaginei que iria me chatear com o trabalho noturno dele, o escrever compulsoriamente até agradar o difícilévski, mas o Hipólito não fazia barulho, aquele desgraçado. E pela manhã, ontem, o café estava na garrafa. Chateei-me, mas decidi não criar caso com o hóspede da Laura. Que termine de agradar ao russo, tarefa das mais injustas devido à podridão em que deve se encontrar o atual corpo do falecido. Sem falar da alma.

Mas com o Mascarenhas foi diferente. Não bati com ele. Quando eu o encontrei em casa, pressenti apuros.

* * *

A Laura não pintava há seis meses. Simplesmente não conseguia preencher uma tela em branco. Mesmo que eu dissesse para bater as cores em um liquidificador e esparramar no quadro, ela me tomava por burro ao explicar que os pintores pensam antes de desenhar no painel em branco. Os pintores pensam, os escritores pensam, os músicos pensam, ela respondia para me deixar inferior porque eu não era qualquer desses artistas que raciocinam as coisas antes de executá-las. Contudo, a minha esposa sofria do efeito oposto. Laura não ia ao quadro porque raciocinava demais sem encontrar qualquer solução que satisfizesse o seu lado artístico. Assim como o Dostoiévski do Hipólito, ela era difícil de agradar.

Então aconteceu o Mascarenhas. Primeiro, o Mascarenhas era mulher, e soube disso apenas por não notar a montanha do gogó no pescoço. Em todo o resto, o Mascarenhas era uma figura que poderia ser tratada como homem, mulher, ou o terceiro sexo das coisas — como ouço que existe longe daqui. Uma figura misteriosa, como ouvi da Laura, que gostava de ser tratado como homem nas apresentações. Por isso o Mascarenhas e não a Mascarenhas. Conheci-o na minha própria casa. Mal me acostumara com o Hipólito, após Laura voltar da internação, deitei o casaco na cômoda depois da porta e encontrei os dois hóspedes degustando vinho no sofá. Sorriam íntimos no momento em que me deparei com eles — o laptop do escritor deitado na mesa de centro à luz baixa da sala.

Este é o Damião, o marido da Laura, me apresentou o Hipólito limpando as lentes dos óculos e com as bochechas rosadas de álcool. O Mascarenhas levantou-se e veio me cumprimentar com um aperto de mão. Tinha o semblante indefinido, os olhos pequenos, a bochecha magra e rosada, o nariz fino, um pouco arrebitado, e os lábios suaves, bem torneados, desnudos de barba ou bigode. O cabelo moreno estava preso em coque e vestia um terno cinza bem comportado cobrindo o corpo esguio, sem os montes dos seios. A idade era impossível de ser julgada, qualquer coisa entre vinte e sessenta anos lhe caía bem. É um prazer conhecê-lo, disse o Mascarenhas, voz suave com um tom professoral, e desatou um naturalíssimo sorriso alcoólico. Aceita brindar conosco? Eu sei, está tarde e não queremos acordar a Laura do descanso artístico, mas temos que nos divertir como plebeus de vez em quando. O vinho? *Noblesse obligue*, como dizem, uma delícia destinada aos reis.

Não soube o que responder prontamente. Nem mesmo pensei que conhecíamos o mesmo idioma.

Observei entre surpreso e cuidadoso aquela pessoa; foi assim que não encontrei o gogó quando chegou mais perto de mim oferecendo a taça de vinho. Outra hora, revidei, sem jeito. O Mascarenhas chegou mais perto e mais perto querendo que eu provasse o vinho e desconcertou o espaço entre nós, me exigindo maneiras que não aprendi e palavras que desconhecia. Em segundos começava a me irritar todo aquele sorriso de amizade obrigatória e logo pensei nessa mania recente da Laura de me encurralar através dos novos amigos dela. Oh, espero que minha conduta não seja reprovável nesse momento, é claro que nos conhecemos apenas agora, mas a Laurinha me conta sobre você. Ademais, é meio indelicado lembrar que a primeira impressão é a que fica quando na verdade há uma boa dose de vinho *Montebello* na taça, sorriu o Mascarenhas enquanto transpassava amigavelmente a mão pelo meu pescoço para se apoiar em mim. Maravilhoso, interrompeu-nos o Hipólito. Pequenas ondas percorriam a tromba do escritor como se ela fosse uma serpente desajeitada e me perguntei se ia bem. De súbito fiquei com a impressão que os dois eram a Laura; como se fosse ela trabalhando de forma noturna com uma tromba dessas na minha frente, ou ela com o vinho me dizendo para eu perder a noite em bebedeiras e assim prejudicar o meu trabalho, este que é o único meio de manter essa casa. Com certeza o senhor Bonfim não tinha os mesmos problemas.

Mascarenhas me encurralava. Laura me encurralava.

Minha esposa não era a mesma após a saída do hospital.

5.

Laura saiu do hospital na segunda de manhã e eu consegui ficar com ela por dois dias inteiros em casa. Nas primeiras vinte e quatro horas de convivência, era um silêncio em carne e osso. A minha esposa movimentava-se como um lenço de seda soprado pelo vento; por vezes ia até o atelier improvisado e observava as pinturas inclinadas nas paredes sem qualquer som. Ao redor, uma janela recebia o sol da manhã, dois cavaletes com quadros em branco e uma mesa de dois metros de diâmetro com folhas de papel, tintas semiutilizadas, pincéis e espátulas. Ainda havia um armarinho de ferro com óleos, outras telas, produtos para secagem, mais pincéis, e diversas outras coisinhas de pintar que eu ignoro. Laura passava por todos os cantos do quartinho e eu tinha certeza que ela readquiria as memórias de quando a mãe a pôs nas aulas de pintura e das horas e horas que ela ficava misturando misturando misturando cores variadas até conseguir uma frágil coloração para a tela.

Quando perguntei sobre sua melhora naquele dia, Laura foi monocórdia, tudo bem, amor, tudo bem, amor, só preciso descansar, dizia-me enquanto eu recordava do dia e meio no hospital. Mas deixe, imagino que estava agindo como burro, exigindo dela, uma artista, rapidez, cobrando notícias por ela acordar novamente naquele corpo. A minha sogra quis vir morar conosco nesses primeiros dias, mas foi a própria filha que recusou a intenção, disse que podíamos nos virar sozinhos com ou sem histórico hospitalar. Não questionamos Laura sobre os fatos que a levaram até a desintoxicação repentina de calmantes; queríamos enterrar aquilo.

Segundo dia, o meu primeiro vislumbre da Laura foram seus sinceros olhos verdes-acastanhados me encarando com a cabeça apoiada sobre os braços. Sorri para arrancar dela qualquer frase, contudo, nada sobreveio. Permaneci intacto sendo perseguido por seus olhos curiosos e, antes que eu dissesse algo, o cheiro do café atingiu-me o cérebro. Pronto, o café nos chama, Laura exclamou e saiu ligeira da cama. Acho que é a primeira vez que o café fica pronto antes de eu chegar à cozinha. Desci imaginando por quanto tempo ela me observara antes e andei devagar, sentindo novamente o chão sob os pés. Havia ovos e torradas e geleia na mesa. Outro espanto, eu odiava ovos.

Excluindo o modo dela na cama, Laura agia como a primeira Laura. A Laura que ria ouvindo música na hora do noticiário, aquém do mundo e dos viventes dele. A Laura que me contava das coisas inusitadas da vida, como se captasse coisas invisíveis a mim. A Laura que não me chamaria de estúpido competente nem engoliria calmantes até desfalecer sozinha em casa.

Vamos ao parque? — surpreendeu-me ela, como outra. É feriado? — redargui. Não, é terça, por isso será melhor, nada de turistas, ponderou. Podemos ir após o almoço?, sugeri, preciso aprontar a casa, fazer compras, ver o noticiário. E de tarde não podemos voltar perto da noite porque amanhã volto ao trabalho.

Por que não podemos ir ao parque pela manhã como todo mundo? — Laura deitou a torrada com ovos no prato e bebeu um longo gole de café depois de me questionar. Damião, não é possível que nos falte o mais infantil dos prazeres, caminhar no parque sem se preocupar com o destino de algumas míseras horas. Laura foi até a pia, apoiou os braços nas beiradas de granito e suspirou ruidosa. A cena resgatou a memória da irmã dela me julgando velho; revi Laura no leito do hospital. O soco do pai dela ecoou pela minha bochecha acusando-me de toda negligência entre nós. Você está certa, vamos hoje pela manhã e nos deliciaremos com sorvete, é isso que nos falta. Fui até ela e acariciei os seus braços rosados, lágrimas quietas lhe percorriam os olhos.

Dois dias após o parque, Laura me contou sobre Hipólito, mas não dei bola.

Quatro dias depois, o Mascarenhas em casa e essa sensação estranha de que estou sendo cercado por minha mulher através dos amigos dela. Laura parece preencher o espaço entre nós; primeiro foi a sala e o quarto de hóspedes, cômodos tomados pelo Hipólito. Agora o Mascarenhas habitava o atelier e por vezes surripiava toda a atmosfera com suas músicas incompreensíveis.

A nossa casa mudara e sobrava-me pouco: um fragmento da cozinha e o quarto principal. Para piorar, Laura me obrigava a ser amigável quando na verdade eu queria a brutalidade da solidão compulsória até o próximo dia de trabalho. A minha esposa me fazia agradecer ao Hipólito pelo café da manhã, pelas torradas com geleia que ele me dizia ser de framboesa, e papear frivolidades com o Mascarenhas naquela língua morta de reis e rainhas que ele provocantemente usava comigo.

Laura não era a mesma após a saída do hospital.

Preciso voltar ao trabalho; duvido que o senhor Bonfim passe por isso.

6.

O Gusmão é o gorila que recepciona a porta do hotel naquele sábado pela manhã. Cento e dez quilos de pura dedicação à academia. Postura sempre observadora, faz curtos e precisos movimentos com os braços peludos. Fala pouco, prefere ouvir piada e gargalhar. Desloca todos os movimentos da boca enquanto ri e lágrimas o inundam com facilidade. A esposa é alcoólatra, por isso ele não bebe qualquer mililitro de álcool. Diz que foi um milagre a filha ter nascido sadia. É vegetariano, mas poucos acreditam, não entendemos como plantas podem manter em pé um homem com todo aquele peso e força. Ele responde que não é nada anormal, diz que os maiores animais do mundo são vegetarianos, como os elefantes, hipopótamos, ursos e gorilas.

    Passei pelo Gusmão e ele não sorria. O gringo tá aí, alertou. Com a cabeça em Laura, não entendi a mensagem. Dei a volta no hotel até a entrada dos funcionários, bati o cartão e troquei de roupa. Desci pela cozinha. O Casemiro e a Marta discutiam um com o outro no meio das panelas e louças sujas do café da manhã enquanto a Bárbara, da limpeza, com o bico afiado e as asas longas, comia palmito escondida no canto com visível ranço nos olhos. Quando perguntei a ela sobre a briga, me mandou sair dali. Algo acontecia no nosso país.

    A dona Odete empurrava o carrinho de roupa suja enfezada com a sujeira dos hóspedes e a dor nas costas, nem bom dia me respondeu. O casco que ela carregava parecia mais pesado que o usual; seus grossos joelhos movimentavam as pernas curtas vagarosamente enquanto as rodas do carrinho arranhavam o chão e os meus ouvidos.

    Passando o gerente Bonfim, perguntei o motivo da agitação coletiva — pensei que ele não devia ter mulher ou outras preocupações humanas, do contrário não estaria tão bem disposto daquele jeito, com a tromba límpida e os olhos brilhantes —, então o gerente me contou que o senhor Brachmann chegara e assim lembrei que estávamos na Primavera.

O senhor Brachmann é um cliente que se hospeda conosco apenas nas primaveras. Alemão de corpo grande, gerencia o setor de Recursos Humanos de uma multinacional de automóveis. Trabalha visitando indústrias para conferir índices, aplicar testes em executivos, analisar coeficientes de rentabilidade e, caso encontre números opostos à eficácia da empresa, é ele quem demite. Joga no olho da rua. Por isso, contrariando o tamanho do próprio corpo, era um sujeito curto, sem papas na língua, desbocado como o cão do Waldomiro. Se hospedava conosco nas primaveras porque era sempre nessa época que vinha ao Brasil conferir uma filial. Há cinco anos era assim e sempre dormia na nossa melhor suíte, no topo do hotel.

Aliás, não dormia. Gostava de dar festas. O senhor Bonfim foi avisado pela gerência anterior a não criar caso com o senhor Brachmann, por isso o alemão tinha carta branca para farrear na própria suíte. Isso explica as mulheres também. Transitavam todas como acompanhantes dele ao topo do hotel e ficavam lá até qualquer fim de estadia. Três, cinco, sete, o alemão tinha preferência por números ímpares no quarto e nós fazíamos vista grossa. Mas a vida das faxineiras era um inferno mesmo quando ele vinha acompanhado de outros executivos; apagar os restos das orgias as deixavam com raiva. Sem falar do assédio. Há dois anos a Rita disse que o senhor Brachmann a encoxou durante o serviço e o hotel ficou do lado do hóspede. A Rita foi demitida e o alemão apenas exibiu os dentes meio amarelados ao sorrir absolvido. As outras faxineiras não disseram nada, ninguém fez nada.

Felizmente, com a lotação abaixo do normal para a temporada, não teríamos que dar muitas explicações sobre o volume alto na suíte. Nem os gemidos. Conferi que o senhor Brachmann trouxe dois funcionários com ele.

— O alemão chegou.

A Janice, que dividia o turno da manhã comigo, explicou quando cheguei ao balcão de atendimento.

— Bom dia, Janice, eu soube.

— Viu a Tamara?

— Ela não foi ainda? — perguntei, surpreso.

— As coisas dela estão aqui. Tinha me dito que ia conferir um pedido na cozinha e não voltou. Mas não é problema meu. Já estou aqui, isso é o que importa.

A Janice tem os olhos doces e pequenos. Os cabelos longos dela por vezes escondem seus ombros curtos. Fala menos que a Tamara.

— Sua mulher vai bem?

— Tentando voltar a pintar. Chamou até uma professora para nossa casa. Sem eu pedir.

O Waldomiro veio até nós, inquieto. Era o fim do turno dele.

— Viram a Tamara?

— Ela já foi — respondeu a Janice.

— Foi nada. O Tonico passou um rádio que as coisas dela ainda estão no almoxarifado.

— Tu não está indo embora? — perguntei.

— Vou ver onde ela se meteu.

— E por que, diabo?

— Cala tua boca, mulher, não é da tua conta.

O Waldomiro saiu do saguão com os passos largos.

Toca o telefone.

— Recepção — atendo.

...

— Senhor Brachmann, é um prazer tê-lo conosco novamente.

...

— Claro, mas outra hora. Estou no meu horário de trabalho.

...
— Eu sei, eu sei, mas outra hora.
...
— Não, nenhuma reclamação por enquanto.
...
— Vou mandar subir, pode deixar. Vou falar com o pessoal da cozinha.
...
— Importado? Temos um equivalente nacional das serras gaúchas. Não sei se o senhor sabe...
...
— Entendo, importado então. Vou conferir na adega ou vamos conseguir para o senhor.
...
— De nada, é um prazer. Tomara que faça uma boa estadia.
...
— Quatro dias apenas? Em todo caso, espero que seja muito proveitosa.
...
— Sim, eu lembro. Vou mandar subir.
...
— Obrigado e estamos à disposição — desligo.
— O que ele quer?
— Foder.

* * *

Os poucos hóspedes daquela manhã curtiam o sábado ensolarado fora do hotel e o dia se arrastava pelo vácuo das horas vazias. Às moscas na recepção, apenas conseguimos os vinhos pedidos pelo senhor Brachmann e ele não nos perturbou mais. O Tonico por vezes soltava no rádio da segurança que o alemão sabia viver, vem pro Brasil e, na primeira oportunidade, chama cinco pra cama. Desgraçado rico, o Tonico repetia, amaldiçoando.

Pensava em Laura. Pensava no Mascarenhas com a minha mulher dizendo toda a sorte de coisas que não entendo. Minhas orelhas ardiam, decerto eu estava presente entre elas.

— Janice, dez minutos — pedi, saindo do balcão de atendimento.

— Só não me diga que vai procurar a Tamara e o Waldomiro. Olha, eu não vou mentir. Se o senhor Bonfim aparecer vou falar que não sei de nada.

— Dez minutos — repeti.

Peguei as chaves do *lobby* e fui até o elevador. Apertei a cobertura. Não havia música, apenas o espaço compacto da lata de metal subindo e subindo. Afrouxei a gravata do hotel e respirei fundo diversas vezes. Pensei novamente em Laura, algo desconhecido me deixava inquieto.

Os nossos cinco melhores apartamentos ficam no último andar. Saí do elevador e logo senti tremulações de som abafado pelas paredes. A festa do Brachmann estendia-se pela manhã. Toquei a campainha. Demorou dois minutos até ser atendido por uma mulher com os seios à mostra e uma máscara vermelha com lantejoulas encobrindo a face. Os olhos amendoados destacavam-se no carmesim do rosto.

— E então?

A mulher era um pouco maior do que eu e tinha a voz ligeiramente grossa.

— A bebida...

— Fale mais alto — ela ficou de lado para me ouvir melhor sem se desgrudar da porta entreaberta.

— A bebida chegou?

A música pulsava atrás dela enquanto as cortinas em *blackout* escondiam o sol.

— O vinho? Chegou — ela respondeu.

O frescor do sexo invadiu minhas narinas e ouvi curtos gemidos vindos da suíte.

— Está tudo bem? — pergunto, sem criatividade.

— Você quer alguma coisa? Não costumo me exibir de graça.

— Minha rainha do ébano! Quem está?

O senhor Brachmann chegou só de cueca à porta com uma taça de vinho na mão. Era um imenso urso branco com pelos acinzentados no peito. Ele suava e recendia a sexo.

— Damião, *mein freund*. Sabia que viria. Entre. Já conhece esse espetáculo de mulher? Veja, veja — Brachmann pegou o braço da moça e a fez rodopiar. Ela girou em lento rebolado e, os seios, firmes, não mexeram.

— Não quero entrar, senhor, estou procurando uma companheira no hotel.

— Procurando? Ela se perdeu aqui dentro? Que burra. Como alguém pode se perder em dez andares?

— Será que ela não entrou na sua festa?

— Não sei, como Brachmann vai saber? A porta está aberta para quem quiser *dancer*, dançar. Vem ver.

— Melhor não.

— Damião, entre, deixe disso, veja, Brachmann conheceu essas mulheres ontem por um taxista *bruder*. Olha que espetáculo.

O alemão estalou os dedos e a mulher começou a sambar devagar; a máscara incluía o tom carnavalesco da dança.

— *Wunderbar, wunderbar*. Entre, venha conhecer as amigas dela. E também preciso da sua ajuda. Venha, deixe de ter medo.

Fui puxado por Brachmann para dentro. Em uma mão ele mantinha a taça de vinho e, na outra, a mulher. Conforme entramos no quarto, o som intermitente e o cheiro de sexo palpitavam meus sentidos. Percebia-me em um labirinto de devassidão; o quarto revirado ao gosto do prazer estrangeiro, almofadas úmidas por todos os cantos, roupas transversalizadas por qualquer instinto animalesco e a meia luz dos canalhas onde os sorrisos de luxúria e violência dançam próximos.

Poucos passos depois encontramos os outros dois ursos alemães intricados com quatro serpentes, todos nus, todas nuas, no que parecia ser o ápice do sexo. O bolo humano enroscava-se sinuosamente buscando o melhor gozo. Urso serpente urso serpente procurando a melhor posição para usufruir o prazer da carne. Nem nos notaram quando entramos no quarto. Brachmann disse palavras de exaltação na língua estrangeira e os companheiros urraram animados.

— Faz cama para mim, Damião — ele pediu enquanto a mulher lambia seu corpo suado.

— O quê?

— Dor nas costas. Venha, venha — a profissional tirou a calcinha e em seguida foi massagear o pênis do Brachmann com a língua.

— Faz cama, Damião. Como da última, quando a Bety veio aqui. É claro que você lembra daquele rabo.

Era a segunda vez que eu fazia aquilo.

— Para o Bonfim, vou dizer que você excelente funcionário. Merece promoção.

Olhei o piso do quarto e fiquei em posição de cavalo, com as mãos abertas e os joelhos encostados no chão morno. A mulher parou com as preliminares e em seguida deitou nas minhas costas com as pernas para cima. Sua única identidade era a máscara carnavalesca no rosto.

Brachmann colocava e tirava o pau nela com força e estupidez enquanto a mulher gemia sons curtos e agudos e o excitava querendo mais. Chamava-o cachorrão, faz isso faz isso, meu gringo, mete mete mete. Isso, assim, *my god*. Continua. Continua, meu gringo. Desgraçado, filho da puta, continua.

Os cabelos longos dela me cobriam o rosto e o suor do sexo escorria entre nós. Os ursos urravam, satisfeitos com tudo que os melhores exemplares do país podiam oferecer. Não me excitei com os gritos e o cheiro do sexo, só torcia para que a posição humilhante acabasse.

Longos minutos, senti as costas da mulher relaxarem. O volume e a intensidade dos gritos passaram a dançar rápidos e ela xingava cada vez mais — era o pico do gozo. A perna dela tocou o chão e percebi, com o urro do Brachmann, que meu serviço de mesa acabara. O alemão cambaleou até a cama e limpou o peito cinza cheio de suor com um cobertor fedorento. A mulher saiu de cima de mim e repetiu a cena. Logo se beijavam próximos ao bolo animalesco na cama, que fedia a suor e gozo.

Saí da posição com os joelhos e a cabeça lancinantes. Sem falar nada, fui ao banheiro.

— *Bruder*, Damião. Ótimo funcionário, vou dizer — Brachmann repetia, ao longe.

Andei até o banheiro do outro lado do quarto para me afogar na pia. A porta aberta, corri até a torneira cintilante e a abri com força. Comecei a jogar a água no rosto com a rapidez dos sedentos.

— Seu Bach? — ouvi uma voz.

— Seu Bach, é o senhor? — era o Waldomiro.

Surpreso, peguei a toalha de rosto e caminhei até o chuveiro. Antes de abrir a porta do box vi os contornos da Tamara e o Waldomiro por trás dela, nus.

— Damião? É você? — soltou o Waldomiro.

— Não é nada então, continua — aliciou a Tamara.

— Se perguntarem por nós, fala que fomos embora e esquecemos as coisas no almoxarifado. Amanhã pegamos.

— Valeu, Damião. Você é um cara legal mesmo. Agora pode nos dar privacidade? — a Tamara gemia entre as palavras e observei que ambos eram cães durante o sexo. Ela com o pelo marrom claro apoiando-se em duas patas, as orelhas magras e caídas, o corpo esguio, e os olhos fechados em prazer, sorrindo com o momento. Atrás, Waldomiro puxava os pelos da cintura dela com olhos meio-

-violentos, as orelhas grossas e altas em alerta, e o focinho escuro roçando pelo pescoço da Tamara.

Assim que as imagens chegaram a minha cabeça, saí da vista deles sem qualquer palavra. Quis me atirar da suíte do Bachamann porque dois raios me atingiram ali — a diferença é que enquanto no primeiro aceitei ser mesa de sexo só para o alemão me ajudar com o Bonfim, no segundo, a imagem de Tamara e Waldomiro acachorrados e transando me desconcertou completamente. Quer dizer, eu não tinha nada a ver com aquilo e com certeza os dois já se farejavam, mas enxergar aquele sexo animalesco era de cortar os olhos. A cada passo para fora eu tentava buscar uma memória de Laura para esquecer aquela cena nojenta, porém só a desgraça do leito em branco me sobrevinha. E depois o Hipólito. E depois o Mascarenhas. Tanta derrota, meu sangue se concentrava nos punhos, mas as paredes do hotel eram duras demais para mim.

Atravessei o resto do dia no hotel como cego, surdo e mudo. Passei o recado do Waldomiro pro Bonfim e menti à Janice sobre meu encontro com o alemão. Uma dor ressoava em minha cabeça e somente com aspirinas consegui me concentrar minimamente no trabalho.

7.

Em casa, com dor de cabeça de tanto tentar eliminar a cena de Tamara e Waldomiro se pegando, mal coloquei a chave e a porta se abrira sozinha. Surpreendi-me com o descuido de Laura, mas pensei apenas em pôr a culpa no Hipólito, reclamar que o tal do Dostoiévski lhe roubava a memória de uma coisa importante: a segurança. Uma porta aberta e toda a sorte de animais nojentos podia nos surpreender.

Então amaldiçoei aquele desgraçado dia.

Primeiro ouvi o canto. Alguma voz masculina articulava sons agudos acompanhados por violão e teclado. Em seguida o cheiro de rua, aquele ranço seboso que simula o descuido de andar em público; algo de descaso e suspeita também completam o perfume de multidão animal. Dois passos adiante, encontrei bestas por toda parte. Bicos, penas, asas, cascos, trombas, focinhos, no meio de rostos animalizados, torcidos, flácidos, de todos os tamanhos e texturas, peludos lisos com espinhas, braços e pernas aos montes, ajuntando-se na minha preciosa sala ao redor da dupla musical que se apresentava no espaço dedicado à TV. O cantor, ao violão, era um cavalo de rosto protuberante e castanho escuro, com longos cabelos louros caídos e roupa volumosa com desenhos indígenas; ao lado, a moça ao piano era uma gata de pelo alaranjado que chamava atenção pela quantidade de argolas, brincos e tatuagens no corpo semicoberto. Xinguei aqueles demônios em voz alta como um relâmpago na contemplação da primavera musical e todos encararam-me, surpresos. Vi seus rostos de zoológico sobre mim. Eram dezenas de espécies que não sei nomear, todos estranhando a minha presença e imaginando-me o invasor daquela boca livre ou de qualquer-coisa-que-estivesse-acontecendo-ali. Quis xingar novamente. Quis expulsá-los de todas as formas possíveis que meus insultos e meu corpo cansado conheciam. Quis liquidá-los com as cachoeiras de impropérios que navegavam eternamente na minha cabeça à procura do conflito. Mas o Hipólito, aquele homem pequeno de óculos compacto, sorria para mim, alcoólico. Não é nada, o Damião é o esposo da Laurinha, pessoal. Em seguida abraçou-me, eu que estava indefeso pela desordem no trabalho, e perguntou, Que coisa linda, não é? — como se fôssemos filhos do mesmo pai ou da mesma mãe. Aquele canalha era um aproveitador. Deveria esbofeteá-lo. Mas ri. Lembro que ri porque o tinha como ingênuo. Um ignorante. Homens de letras são inofensivos porque dominam apenas fantoches em uma página em branco. Rasgo-lhe a página, morrem todos os sonhos dele. Hipólito é daqueles salvos pela ignorância.

Por outro lado, a minha casa como zoológico só poderia ser obra do Mascarenhas. Era isso que eu via no professor da minha esposa desde o princípio: a vontade de me enfrentar. Laura ou o escritor não teriam tamanha coragem contra mim, mas uma mulher que quer ser homem eu vejo como um homem que quer derrubar outro homem.

Saí de perto do Hipólito sem dizer palavra. O violão e o teclado voltavam a tomar conta do ambiente e os outros animais me encaravam como se eu fosse um ser da rua com aquele perfume de fezes e descaso, sem emprego ou família a zelar. Ainda riam, aqueles desgraçados, ignorando totalmente o meu direito pleno de odiá-los. Laura está no atelier, pintando — contou o Hipólito após notar que eu o esquecia.

Pesei os passos até o quartinho de pintar. Alguns animais ocupavam o corredor e penas repousavam no chão. Dois ou sete beijavam-se, mas não os odiei mais do que os outros.

Porta entreaberta, notei que a música da sala também chegava até ali. Olhei o relógio no pulso, eram quase onze da noite.

Cadê ele? Gritei ao entrar no atelier. Pensei que sacudiria Laura da cadeira com minhas palavras, mas ela pareceu não me notar. Pintava. O pincel singrou na tela branca com um inofensivo azul quando me fiz presente. Andei mais forte até ela. Ela ouvia-me, não era surda, mas continuou pincelando como se eu fosse a TV que ela perpetuamente ignorava.

Agarrei o punho que guiava o pincel. Corroía-me a ira, a inveja, Laura serena ao pintar enquanto a nossa sala era aquele circo de excessos e depravações. Como ela podia?

Laura percorreu o meu braço com os olhos em silêncio. Aqueles pontos castanho-claros me investigaram minuciosamente como na semana anterior e, sorrindo, ela perguntou, pode soltar a minha mão, por favor? Em seguida ouvi outra voz, Damião, não seja inconveniente, solte a mão dela, essa posição é um incômodo. Só podia ser aquele diabo. Virei o pescoço e o encontrei nu. O Mascarenhas posava sem roupas deitado no sofá, que antes adereçava a sala, com o corpo horizontalizado, a cabeça inclinada olhando para Laura e os braços relaxados no móvel.

Uma serpente. Meus olhos não me enganam. Enxerguei uma pessoa sem qualquer sexo, sem pelos no sexo, sem as reentrâncias do sexo, sem as montanhas dos seios, apenas um corpo branco-amarelado desinteressante. Pequenos anéis amarronzados faziam parecer que as pernas do Mascarenhas eram unas como um rabo. A víbora não se incomodou com a minha presença frente àquela nudez porque talvez admitisse que não transparecia libido aos homens. Envenenava de outras formas. Pela boca, aquela abertura minúscula e manipuladora de lábios finos.

Eu sabia. Desde a chegada dele havia um incômodo me perseguindo como se não falássemos o mesmo idioma; o Mascarenhas com esse comportamento de eterno convidado, sempre sorridente, confiante, andando a passos largos, querendo me abraçar como se fôssemos amigos, mas eu nunca partilhei nada com ele.

O meu erro foi esquecer Laura — ela ficou tempo demais ao lado do professor. No hotel, desconfiava que essa amizade não era apenas por conta dos quadros que a minha mulher insistia em pintar. Tinha mais. Tinha isto: a minha casa sendo transformada em barulhento e depravado zoológico. Faltava apenas eu, o burro, chegar.

(Notei que outros dois animais observavam o nu. Um javali com focinho robusto e cornos bem prolongados e um elefante, igual ao Hipólito, exceto pelo cachecol no pescoço e o perfume muito doce e forte. Ambos bebiam e avaliavam as pinturas de Laura inclinadas nas paredes do atelier.)

Seu diabo! — finalmente gritei ao Mascarenhas. Foi você, sua víbora! Você envenenou a nossa casa. O Mascarenhas não reagiu, por algum motivo ainda mantinha o corpo preso à função de modelo da Laura. Damião, que exagero, eu sou o professor de pintura da sua mulher, que palavras cruéis. Laura retornou à tela assim que a soltei. Você é um diabo dos infernos, isso sim. O Hipólito é um covarde inofensivo, eu percebi, ele só quer aquelas letras e homenagear os mortos, mas você, assim que chegou à minha casa senti o incômodo de uma ameaça desconhecida, éramos apenas eu e a Laura e agora todos esses animais pelos cantos como se fôssemos pais de desocupados. E o pior é que a minha própria esposa não me ouve, você a colocou contra mim?

Então o Mascarenhas começou a rir com os braços brancos na frente da boca para esconder as gargalhadas. Eu pus a Laura contra você? Seu idiota. Brutamontes sem cérebro. Mesmo que eu o explique por desenhos, nunca vai entender o propósito desta noite. Aliás, já passou pela sua cabeça que você não é o responsável pela felicidade dela? Diferente de você, Laura está perseguindo uma carreira. Ela está à procura de uma identidade própria enquanto você é só mais um. O seu empreguinho de recepcionista de merda, com o perdão da palavra, Laura, seu empreguinho não é nada perto dos sonhos da sua mulher. Se ela parece diferente agora, é porque está começando a dar crédito. E veja, Laura voltou a pintar. Não que tenha perguntado, mas vamos organizar uma exposição com os quadros dela.

Senti-me traído. Irremediavelmente traído. Os cornos da traição física não desequilibravam minha cabeça, mas a dor me puxou ao abismo pessoal. Posso esquecer os animais em casa, mas aquela víbora falar que eu não sou o responsável pela felicidade da Laura contraria todos os votos de matrimônio que nos enlaçaram.

Logo recorri à minha mulher, na saúde e na doença, Laura, na riqueza e na pobreza, Laura, com quadros ou sem quadros, Laura, com recepcionista de hotel ou não, Laura, ele está mentindo, não está? — perguntei, abalado, após as palavras envenenadas do Mascarenhas.

Laura ouvira minha ladainha e nada dissera.

Sabe qual é o seu problema, Damião? Mesmo você, um brutamontes, já deveria ter percebido. Você carrega coisas, é uma pessoa pesada. Seus passos estão sempre com elefantíase, seus ombros são irregulares como se fosse o Atlas segurando o mundo nas costas. E isso é um fardo. Talvez não para você mesmo, que só pensa em empilhar mais besteiras, mas para quem está ao seu lado você é um homem pesado e sem qualquer folga. Sempre ocupado com algo medíocre e não consegue um simples momento de sossego para ir ao parque? É assim que imagina manter um casamento? Você não tem entendimento do mal que fez e continua fazendo à Laura. E eu nem citei o que está enterrado entre vocês.

Vou te esbofetear, sua víbora. Seu demônio! Desça do meu sofá que eu vou te encher de tapas até sua pele sair do corpo. Saí da Laura e pesei os pés até o Mascarenhas. Ele levantou-se ainda nu. Alguns animais se juntavam à porta.

Bate, é só isso que sabe fazer. O Mascarenhas olhou-me com os olhos gélidos de desafio. Os lábios dele enrijeceram-se e, como aguardava o soco, não podia deixá-lo tanto tempo esperando.

Ele está certo, Damião — Laura finalmente dissera algo. Você não é o responsável por mim. Casamento não é sobre gaiola, é sobre liberdade. Saí do seio dos meus pais também pela independência, ele está certo, o nosso casamento é pesado e silencioso demais.

O que isso quer dizer, Laura?

Quer dizer que nós temos que ser leves e abertos um com o outro. Laura não me encarava plenamente. Os braços dela fechavam-se um atrás do outro e os minuciosos olhos passeavam pela minha fisionomia, no entanto fugiam ao meu contato.

Seja mais específica, Laura, o seu marido não vai entender isso.

Ora, deixe-nos, Mascarenhas! No momento seguinte, o Mascarenhas cuspiu sangue no chão, o mesmo que rodeava o meu punho. Ao contrário do que imaginei, não chorou ou me ameaçou, apenas limpou o sangue nos braços leitosos e sorriu por cima da agressão. O corpo magro parecia se esforçar em sobreviver. Ele não pediu compaixão, ao invés, ficou rijo, ereto, como preenchido por violência. Calculava algum bote sobre mim, tinha certeza, seus olhos afiados não mentiam.

Mas Laura me roubou a atenção.

Damião, seu estúpido, o que você acabou de fazer?

Era a segunda vez que ela me chamava de estúpido na vida.

8.

Sexta à noite, cheguei do trabalho procurando conforto. Casa vazia por todos os lados e o jantar no micro-ondas; aquele silêncio era a harmonia que eu desejava. Comi sem qualquer som e subi ao quarto. Laura no banheiro, de porta aberta, notou quando a encontrei. Beijei-a os ombros e subi ao pescoço. O corpo dela tremeu quando sentiu minhas carícias e logo se afastou de mim. Deu negativo mais uma vez — ela disse jogando o teste de gravidez da farmácia na lixeira. Talvez ainda seja pouco tempo, redargui de voz baixa. Pouco tempo, Damião? Quase nada, não é? Só uns dez meses. Laura vestia uma blusa social rosa amarrotada e calcinha branca apenas. Cabelo desarrumado, pés descalços, ela ainda não tomara banho àquela altura da noite. Não foi isso o que eu quis dizer, o médico disse que não devíamos esperar um resultado rápido do tratamento. Era custoso entrar naquele assunto porque estava exausto do trabalho, do novo gerente e das ameaças de demissão que escolhi não contar a ela. Laura retomou a conversa gesticulando frente ao espelho. Até um falso positivo acenderia alguma esperança nessas horas, mas nada, é sempre a mesma coisa, não criem expectativas, o tratamento é longo, mas caramba, eu tenho trinta e quatro anos, daqui a pouco chego aos quarenta e meus ovários engessam de vez. Querida, toquei a cintura de Laura com docilidade, vamos nos acalmar, esquecer o dia de hoje. Não, eu não quero isso, Damião, eu quero olhar para mim mesma e dizer que eu não quero me acalmar, não quero esquecer nada, você pensa que é fácil admitir que não consigo mais ter um filho? Eu não pinto, não tenho filhos, o que estou fazendo aqui? O Henrique e o Rafael morreram na minha barriga e os médicos não querem me dizer que sou infértil agora? Escutar o nome dos nossos filhos não-nascidos foi desonesto. Vamos com calma, pode ser coisa da sua cabeça, disse. Se afasta de mim, Damião. Coisa da minha cabeça? Laura empurrou os meus braços para longe e abriu passagem até a cama. Segui-a. Coisa da minha cabeça? Está me chamando de louca agora? Não posso engravidar por que sou louca? Ou será que essas vozes são dos nossos filhos, aliás, o seu silêncio sobre eles é um tormento.

Não soube o que responder.

A psicóloga pelo menos me ouve. Ela sabe muito sobre você mesmo sem ter te conhecido ainda.

Vamos mudar de assunto, pedi.

É muito fácil para você suportar o passado. Sai de manhã e volta de noite para dormir. Passa o dia todo fora enquanto eu tenho que encarar o vácuo dessa casa e o peso da minha barriga infértil.

Laura sentou na beirada da cama com o corpo desanimado, me ignorando de propósito. Não é tão fácil assim, ainda mais agora, com as pessoas virando animais por todo lado.

Animais?! Que desculpa é essa?

Resgatei a memória das ruas e massageei as minhas têmporas. Minha cabeça explodia em pequenas detonações tóxicas enquanto Laura, interrogativa e alerta, continuava esperando qualquer desabafo para outra discussão interminável antes de dormir. Recuei. Permaneci em silêncio esfregando a minha cabeça.

Laura baixou o rosto e talvez chorasse; a atmosfera esfriara de forma melancólica. Você não consegue explicar nada, ela desabafou. É sempre esse vácuo entre nós. Caminho aqui dentro como alguém que se perdeu no deserto, Damião, mas não deixo rastros porque a lembrança do meu corpo está presa na garganta, aqui em cima, veja — Laura apontou abaixo da própria cabeça deformando a colcha da cama, ela tremia —, e você não corresponde aos meus passos.

Não soube o que responder mais uma vez. Ela tocou o meu silêncio e se virou para o outro lado, desanimada, com a mão na cabeça.

E se mudássemos para um lugar menor, Laura?, perguntei com as mãos nela agora.

Como você pode ser grosso assim, Damião? Estamos há anos tentando um filho e a sua solução é fugir? Você é um estúpido agora?

A última frase bateu como um martelo em mim. Tentava dizer palavras frágeis para não criar caso, mas ela perdia a cabeça falando do silêncio da gravidez, uma coisa que nem existe, e de crianças que não nasceram. Apalpei as têmporas mais uma vez sentado na cama do lado contrário ao dela. Um terremoto sacolejava aquele cômodo e estávamos, pouco a pouco, nos distanciando de nossas intimidades de casal.

Do que você me chamou, Laura?

Você escutou.

Tirei a roupa enquanto ela permanecia à cama e fui direto ao chuveiro. Lembrei dos nossos banhos juntos, um ensaboando o outro, um distribuindo carícias ao outro, e tive uma ereção. Masturbei-me e gozei no ralo por onde escorria todo o suor do meu corpo cansado. O hotel passou pela minha cabeça. O que aquele gerente novo tinha que eu não tinha? Decerto era conhecido ou parente de alguém da central, pensei.

Pelo jeito não precisa mais da minha ajuda. Laura me observava totalmente nua agora.

Vai dormir? — ouvi.

Optei pelo silêncio.

O que foi? — Laura continuou, com os braços cruzados agora — Sempre resolvíamos qualquer coisa na cama. Mesmo nos desentendimentos resta o direito ao sexo. Mas esse seu egoísmo. Jogar pelo ralo suas sementes quando o que eu mais quero é gerar um fruto.

Do blindex acompanhei as lágrimas escorrendo pelo corpo nu da minha esposa. Eu ensaboava-me em silêncio. Parecia que pequenas pedrinhas formavam o meu peito e o suor, por cima, adquiria a consistência de areia fina prestável somente ao aborrecimento.

Laura continuava chorando e suas formas contorcionavam-se frente à nuvem de vapor do chuveiro. Sem qualquer palavra, entra no banho e começa a me socar o peito. Ela está tão próxima que sinto o bico de seus seios deslizarem sobre o meu corpo.

Seu insensível, pra você é tão fácil. Não tem que aguentar esse silêncio assassino, está sempre rodeado de pessoas, atendendo, recebendo ordens, reclamando de alguma coisa, mas e para quem lida com o peso mudo do passado?

A corrente de água nos abraça por todos os poros, mas ela não interrompe as queixas. Sinto uma excitação crescente nas partes baixas.

Laura começa a me bater no rosto. A água diminui o impacto dos socos e gotas espalham umidade por todo o banheiro. Quando sinto as minhas bochechas arderem, agarro os braços dela e encaro-a minuciosamente. Ela está de boca aberta, o rosto torcido pelo espanto e o corpo palpitante pelo esforço muscular. Beijo-a profundamente. Coloco as mãos nas bochechas dela e entrego todo o sentimento possível na ponta da minha língua. Quando sinto Laura relaxar com o carinho, agarro a cintura dela, colo-a ao meu corpo e pressiono-a na parede do banheiro. Ela pega o meu pênis e ajeita rapidamente entre suas pernas. No momento seguinte o vapor do banheiro nos oculta e abraça.

Dois dias depois recebo uma ligação no trabalho me contando que Laura teve uma overdose.

DELA

9.

— O que te trouxe aqui, Laura? — pergunta a psicóloga.
(silêncio)
(minha respiração está confusa, mãos entrelaçadas sobre o colo, ajeitei o cabelo por hábito. Não encarei a psicóloga, ela sorridente, tranquila, um poço de mansidão, eu maremoto. Dezenas de *ganeshas* me observavam sobre a mesa do consultório dela, uns com trombas cintilantes sentados em posição de lótus, alguns com pedras preciosas, olhos no infinito aguardando minha fala. Era difícil começar. Meu peito doía como uma represa e a voz embargada, gaguejante, pequena. Do lado de fora do edifício, a doce primavera não tinha alma, a natureza uma ferida aberta nesses momentos.)
— Você tem filhos? — vi alguns livros sobre educação infantil dispostos na sala e acreditei que conversava com uma mãe. Ela se refreou, surpresa. Seus olhos pareciam grandes e cansados por conta dos óculos grossos.
— Mônica e Thiago — respondeu com a voz baixa, como tirando o interesse deles.
— Um casal. Que sonho — sorri, passei a mão entre os olhos, mudei os cabelos de lado, ouvi o vento agudo agitando as aroeiras lá fora. — Eu estaria com uma dupla de meninos a essa altura. O primeiro se chamaria Henrique, o segundo, Rafael. Henrique estava previsto entre abril e maio do ano retrasado, e Rafael, se tudo tivesse dado certo, teria nascido há duas semanas, na primavera.
A psicóloga, de calça de sarja bege, camisa florida e colar cintilante de bolinhas de madeira, ajeitou os óculos pesados, cruzou as pernas e em seguida se inclinou para frente com doçura. Os *ganeshas* distribuídos sobre a mesa eram símbolos de prosperidade que ela recebia dos clientes, uma amiga da minha mãe nos contou.

— É engraçado como os amigos são estúpidos nessas horas. Todos eles perguntam sobre o bebê, mas quando contamos o luto, respondem que tudo vai passar e que logo vou engravidar novamente. Será que não entendem que eu não quero outro? Eu quero o meu bebê! — grito, coço o nariz, começo a rodar a aliança no meu dedo, cruzo as pernas. As palavras pesam como pedregulhos.

— Alguns deles somem de perto com a rapidez de uma matilha. Falar do luto é como espalhar um vírus mortal, sabia? Se eles soubessem das várias vezes que eu me recolhia ao quarto dizendo que ia passar pomada contra estrias nas pernas e na barriga, para, na verdade, conseguir conversar com o meu bebê — silêncio — era toda santa vez. O Rafael, por exemplo, eu ouvia música com ele. Cantava baixinho para ele.

(evito olhar a psicóloga)

"Foi a minha mãe que escolheu o nome, disse que significava cura de acordo com as crenças dela. Ele foi a minha segunda chance, vinte e seis semanas de gestação, com o Henrique ficamos apenas doze semanas juntos. O Henrique foi um impacto desconhecido. Eu? Mãe? Era uma imaginação superficial. Damião também não se via pai, cursava metade da faculdade de Turismo. Assumi o Henrique como algo natural ao relacionamento. Já morava sozinha com o meu marido e nos casamos antes da barriga aparecer. Foi lindo. O Henrique assistia a tudo de camarote pela minha barriga como um pequeno astronauta. Quando minha mãe soube, fizeram festa até em Minas. Foi um período de felicidade conjunta porque minha irmã também ia se casar."

(breve sorriso, pequena lágrima, peito pesado.)

"Doze semanas é muito pouco. O Henrique estava se acostumando comigo, com os lugares que eu ia, as músicas, observando as pinturas da mãe, o pai resmungando do trabalho, até que não deu. Perdi meu filho para a trombofilia sem saber de nada. Pensei que as mulheres engravidavam e a criança saltava para a mãe nove meses depois, como em um manual. Não me culpo porque depois compreendi a conjunção de fatores, minha inexperiência, minha negligência nos pequenos inchaços pelo corpo, o próprio calor infernal da cidade, o fato de eu ficar em pé demais enquanto pintava, foi tudo isso. Trombofilia. Asfixiei o Henrique dentro de mim com os coágulos de sangue."

(silêncio, uma fria dor galopante percorre o corpo, lembro da sala higienizada e do líquido aminiótico escorrendo pela minha perna. Damião esperando do lado de fora, mudo.)

"O Henrique me faria companhia pintando, tenho certeza. Sou a mãe dele e conheço meu filho. E, no entanto, nem o peguei nos braços. Esconderam de mim antes que eu embalasse o seu sono eterno.

(levanto da cadeira, quase caio quando meus sapatos tocam o chão, me recomponho sem a ajuda da psicóloga e vou para próximo da janela respirar outro ar.)

"Você deve saber que os médicos não são preparados para a morte, eles têm estudos sobre a vida, sobre como curar os doentes, elaboram cirurgias dificílimas para manter a sobrevivência, mas quanto à morte, são tão perdidos e inseguros quanto qualquer pessoa. Eles deveriam se preparar mais para a morte, porque morte passou a ser a minha doença."

10.

Uma mão fina alisa meus cabelos e em seguida lábios acordam meu espírito. Espreguicei-me de surpresa. Agarrei o rosto à frente e vi os traços castanhos e grossos de Damião desfazerem-se até a face esguia e leitosa de Tereza. Laura, ela disse, animando-me, acorde. Sentei na cama ainda acossada pelo espanto. Ela abraçou-me e manteve o sorriso sincero apesar do rosto ainda inchado pela agressão de ontem. Tudo bem, artista, o grosso foi embora. Agarrei o corpo dela e em segundos resgatei a cena de Damião xingando e saindo do atelier, furioso. Ele foi embora mesmo? — perguntei, ainda tonta. Quem sabe, tipos desse voltam quando ficam com fome. Mas até lá, vamos aproveitar o lindo dia. Para aonde você quer ir hoje, artista? Os lábios dela resplandeciam o sol matinal que ultrapassava as janelas. Nunca ninguém me perguntou isso, respondi. Então me acompanhe, hoje precisamos morrer. Apesar do soco, Tereza sorria como um sinal de esperança.

Descemos quase ao meio-dia. Hipólito dormia no sofá e não encontramos qualquer vestígio da festa anterior. Tereza disse que o escritor cuidou de tudo com a ajuda dos amigos de ontem. O café nos aguardava quente, parece que foi a última coisa que ele preparou antes de se deitar. Torradas, geleia de damasco, café, queijo *cottage* e *camembert*, suco de laranja, aveia, leite e pães franceses. Eu era uma rainha.

Quando senti a intenção de pensar sobre o que aconteceu ontem, adentrei a região do porto com Tereza. Ela agarrava meus braços como amiga das mais importantes e me contava centenas de informações sobre a revitalização daquele espaço. Não consegui pensar no Damião. Ao invés, enxerguei um pequeno parque de diversões. Era itinerante, ela me explicou, e estacionaram ali com todas as ilusões infantis que os brinquedos mecânicos proporcionam. As cores quentes chamavam à alegria e diversas máquinas coloridas exibiam pinturas de animais e pessoas cheios de faces simpáticas e eufóricas. Tudo funcionava aliciando os simples prazeres aos visitantes. Encontravam-se também doces, vendedores de balões, poetas anônimos tentando algum dinheiro na venda corpo a- corpo, um violinista, alguns patinadores e pessoas procurando diversão naquele calor. Em cinco minutos subimos a Torre de Babel, um imenso balanço metálico que jogava as pessoas ora para o céu, ora para a terra. Tereza evitou que eu dissesse qualquer coisa sobre a sensação vertiginosa de morte provocada pela máquina; antes, repetiu professoralmente que temos que pôr ousadia em algumas circunstâncias da vida para florescer a mesma iniciativa na arte. Concordei meio incrédula, mas subi.

Por céus, há quanto tempo eu não sentia aquela liberdade?

A rapidez crescente à qual éramos submetidas quando o brinquedo nos içava ao alto abocanhava-me como um precipício assassino. Segundos depois o alívio: a queda ao chão. Nem nos recuperávamos dos bruscos movimentos de subida e — tombo — nova escalada ao firme céu da tarde. Morreríamos, é certeza, mas sorríamos com despudor. Gargalhávamos descontroladamente como donas dos nossos próprios corpos e de todos os mínimos e desconhecidos mecanismos que controlavam aquela felina felicidade. A morte prometida por Tereza se apresentava como doce e plena. Por isso sorríamos, dementes com aquilo tudo.

Desci do brinquedo eufórica, meu corpo desconcertado como corpo mínimo, pernas trêmulas e um resíduo de vibração sobre mim. Minhas memórias riam e pulsavam tresloucadas repassando o que acontecera e o peito ainda tremia de excitação.

"É excelente, não é? Sabe por quê? É como a morte." Tereza sorria com perfeição porque o rosto parecia habituado à felicidade; o soco na noite anterior não era qualquer incômodo. Assim como na pintura, também era aluna dela nessa forma privada de arte.

"Ainda bem que voltei outras vezes àquela exposição" — disse, ainda chacoalhada pelo riso. "Ainda bem, artista. Aliás, hoje à noite você pintará o seu principal quadro. Aquele que irá estampar as revistas de arte do país por todo o ano que vem. Logo virão os convites, *White Cube* em Londres, *Hauser & Wirth* em Zurique, *Gagosian* em qualquer cidade que oferecerem, e em Paris seremos chamadas para a Emmanuel Perrotin, que sempre gostou de jovens artistas brilhantes como você. Tenho certeza, não me engano quando encontro uma." Tereza abria os braços em plena área portuária e alguns a olhavam desconfiados como se ela sofresse de algum nível de alienação, mas era simples felicidade. "Agora vamos ao sorveteiro. Não é nada suíço, mas até os plebeus fazem boas sobremesas." Tereza novamente entrelaçava meus braços e me conduzia, era a união mais sincera de que tinha conta.

11.

"Shakespeare, em *A Tempestade*, escreveu que nós somos a matéria de que se fabricam os sonhos. Isso em consideração, uma interpretação minha sobre a pintura é que ela seja o sonho como representação do homem." Fiquei surpresa quando a mulher de cabelo curto e *tailleur* cinza se aproximou por trás de mim. Ela não aguardou minha resposta, antes, aproveitou-se do silêncio para recomeçar a falar. "Mas não tentemos criar quaisquer hipóteses para explicar o que o artista põe na tela, antes de qualquer técnica, antes de qualquer manual de regras orientado pelos grandes predecessores estilísticos, é a tua experiência de observadora que ressignifica o quadro. Diga-me, como você avalia esta tela?" A mulher sorria com lábios finos e desconcertantemente sinceros.

"Eu gosto. É bom." Consegui dizer minimamente, ainda surpresa e com os braços cruzados pelo corpo.

"Gosta? É um bom começo. Me diga, você sempre vem à galeria pouco depois do almoço, não é? Fica observando os quadros com certa admiração, mas parece que nunca está completamente pacífica, te foge o tempo?" Os sapatos dela faziam rápidos barulhos grossos enquanto andava ao meu redor e a sala grande repetia o eco do atrito com o solo.

"Não entendi a pergunta" — respondi, sem jeito.

A mulher retirou o riso do rosto. "Você é uma adorável frequentadora ou também pinta?"

"Frequentei aulas de pintura, mas me considero uma observadora paciente porque na minha tela só sei colocar cenas da vida." Disse caminhando para o próximo quadro. Pinceladas vigorosas em tons quentes sobrevoavam o ambiente ingênuo do alvorecer em um esverdeado-cinzento bosque. No canto da tela, perto da assinatura do autor, uma criança em tons marrons e amarelos foi golpeada por uma estaca homicida.

"Mas os seus olhos. Você enxerga esses quadros como se realmente conseguisse captar alguma coisa incomum. Já a observei algumas vezes aqui. Parece que por trás do seu interesse aparentemente cotidiano, algo mais artístico espreita ainda encubado. O que vê nessa imagem aqui no canto?" Ela apontou para a criança.

"Às vezes escorre um riozinho de uma represa, uma cena da minha vida silenciosa e minha pintura é esse riozinho. Uma pequenez."

Ela parou a poucos passos com olhos castanhos investigando-me.

"Na minha opinião, ele quer contar algo sobre a infância." Respondi de forma imprecisa por não entender os motivos dela comigo.

"Remete aos primeiros anos, não é óbvio? Essa natureza ainda primitiva, o desconhecido pacto social ao qual somos submetidos pela família. E quando crescemos, que inferno, nos arrependemos tanto que pensamos em matar alguma coisa. Olhe essa estaca: destoa completamente do ambiente pueril do quadro para criar uma oposição angustiante, para dizer o mínimo. Mas peço desculpas pela empolgação, hoje resolvi falar com você por outro motivo. Sabe o que eu faço?"

"Você é a curadora da mostra. Sua foto está na entrada, perto do balcão onde assinamos a presença."

"Digamos que sou muito generosa com os donos dessa instituição e de tempos em tempos, quando solicito, eles encontram uma brecha na programação para eu divulgar alguém de minha confiança."

"O pintor é uma pessoa de confiança? Quando o encontrou percebeu que ele era um artista prodígio?"

"Ele é meu aluno. É dá relação de mestre e orientando que nasce minha confiança. E o Gilberto não é qualquer prodígio. Estamos em outra época agora, temos outros prodígios e muitos deles arrebentam frente às exigências da rotina. Ele é um artista corajoso, talvez o maior que tive o prazer de conhecer e ensinar até agora."

Não conseguia encarar aqueles olhos robustos.

"Não sei o que dizer."

"Não diga nada. Me procure amanhã nesse mesmo horário. Com sua licença, madame." Com a mesma invisibilidade que se aproximou de mim, desapareceu.

* * *

Na tarde seguinte, a assistente de Tereza de Magalhães Mascarenhas me recepcionou na antessala da curadoria para pedir desculpas e informar que sua chefe não poderia me encontrar no horário estabelecido. Ao invés, pediu que eu esperasse na exposição ou no sofá até que algumas obrigações fossem sanadas. Resolvi esperar ali mesmo e ela me ofereceu café.

A sala era pequena, clara e aconchegante. Ao meu lado, uma mesinha de vidro erguia uma escultura em mármore granulado de tonalidades azul e cinza. A forma bailarina, com seus quase quarenta centímetros, parecia retirada do quadro *Dançarinos*, de Henri Matisse. Atrás dela, na parede, um quadro cubista desconstruía o rosto de uma mulher; a boca fina, os olhos azuis, os ouvidos, o nariz, flutuavam por geometricidades ao redor do rosto, como se encaixados em locais que não correspondessem à correta geografia da face. O azul claro no fundo do quadro me resgatou o salgado do mar aberto e eu pensei nesse milagre da pintura de nos colocar diante de lembranças com cheiro e movimento.

Não havia qualquer relógio naquela sala e, por isso, media o tempo pelas tarefas da assistente de Tereza. A jovem moça de saia comportada e camisa social branca examinava folhas, teclava no computador, depois reexaminava os ofícios minuciosamente, assinava-os e só então os punha separados, em pilhas. Duas pilhas de quinze centímetros foram erguidas e nada de eu ser chamada. Meu corpo, resignado, fadigava-se por esperar; o sofá macio abraçava-me com uma pressão incômoda e contínua sobre a minha pele e sentia as minhas costas doerem. Por vezes fiquei sem ar como se a sala rodopiasse sobre mim. A escultura ao meu lado era a representação do meu estado: uma peça solidificada à espera de interação.

Certo momento, quando as folhas haviam desaparecido e a assistente teclava no computador, o telefone toca. "Sim" "Sim" "Transmito", ouço-a responder espaçadamente. Logo em seguida despede-se.

"A curadora pede desculpas, mas não conseguirá recebê-la hoje. Ela solicita que retorne amanhã nesse mesmo horário e traga fotos de uma pintura sua finalizada." Sorriu aguardando minha resposta.

Apenas levantei e saí da sala.

12.

— O Rafael foi minha segunda chance.
(dessa vez a psicóloga usava uma longa saia florida bem presa à cintura com uma blusa branca de cetim comportada. Os óculos, antes pesados, agora equilibrava-se no figurino. Os *ganeshas* sobre a mesa continuavam nos observando, estátuas de ouro falso e mansidão.)
"O luto pelo Henrique durou pouco mais de um ano. Todo mundo ficava quieto comigo porque não queriam tocar no assunto. Mas isso me excluía. Excluía o meu filho. O peso acumulava-se apenas em mim e eu permanecia calada, sozinha, querendo botar para fora todo aquele sentimento enorme e eles egoístas apequenando o passado, batendo nas minhas costas e dizendo que logo engravidaria novamente, mas que da próxima vez eu seria mãe. Cachorros!"
— A nossa cultura não lida bem com o luto e é preciso certa educação para a morte — um raro comentário da psicóloga para que eu me reestabelecesse.
"A mãe me colocou no psiquiatra. Recebi pílulas para a minha perda de apetite, insônia e a depressão. Mas se eles quisessem ao menos me ouvir, matar o silêncio. O meu Henrique me ouviria, com certeza. Então me foi dada uma segunda chance. O Rafael, a cura. Quando soube da gravidez, decidi fazer tudo diferente. Fui em outro médico e fiz uma centena de perguntas para não repetir o passado. Sentia como um dever íntimo uma criança chorando nos meus braços."
(cruzei as pernas, deitei os braços no colo, revi o passado pelos óculos cinematográficos da psicóloga.)
"O Rafael era mais vigoroso na barriga, ele pesava, dava chutes, por vezes eu acordava a noite com ele se remexendo. Eu o imaginava um futuro atleta. Logo parei de pintar e meu pai pagou uma

empregada para me acompanhar na gestação — ele também queria muito o primeiro neto. E até o Damião aproveitou um pouco mais a gravidez, fazia carinhos na minha barriga e sempre perguntava se eu queria algo. Os homens demoram a amadurecer, não é verdade?" (a psicóloga sorri e concorda.) "Uma coisa que eu aprendi é que mesmo com toda a ciência e prevenção envolvidos, a perda acontece. Eu tinha me apegado ao Rafael, éramos família, éramos o futuro, ele andando pelo jardim, correndo, pedalando, e eu pintando-o. Ele em Minas, visitando as tias, ele em qualquer momento e eu observando-o, orgulhosa. Mas tem alguma droga invisível no meu corpo, um novo puta-que-pariu-tipo-de-câncer, um diabo que se alimenta de fetos. (Silêncio.) Eu gritei com o Damião quando senti a bolsa estourar. Eu gritei para caralho para não perder o Rafael. Me levaram consciente para a emergência e eu vou confessar uma coisa que não disse a ninguém até hoje: eu senti ele morrendo dentro de mim. Você nunca passou por isso, tenho certeza. O luto é eterno."

(a psicóloga, antes inclinada para frente, reclinou o corpo para trás. Em seguida anotou alguma coisa em seu caderno e me olhou sem sorrir. Levantei da cadeira, fui até a estante baixa onde ela punha livros, pequenos artesanatos, medalhas de congressos e passei a mão a esmo.)

"Em um momento minha barriga pulsava vida. No outro, parou." (toquei a minha cintura. O eco do passado como dor contínua, inesquecível. Então deitei lágrimas, e ela, profissionalmente, não me acudiu.)

"Mesmo compreendendo tudo o que aconteceu, a dor não diminui nunca. É desonesto — desabafei com a memória acesa e implacável dentro de mim."

(voltei à cadeira, minha blusa úmida com as lágrimas.)

"Aumentaram minha dose de pílulas, ouvi que meu quadro de depressão piorou. Minha mãe me espera lá embaixo porque não posso sair sozinha de casa. Aliás, ela não soube me responder por que aquele que seria a cura não sobreviveu. No fundo a dona Lourdes tem medo que isso questione suas crenças."

(um fio de suor escorre pela face da psicóloga. Meu corpo está rígido como uma árvore de pedras; em meia hora tenho que tomar uma pílula contra a ansiedade.)

"Despedimos a empregada e Damião voltou a ficar infernalmente silencioso. Quer dizer, todos voltaram à mudez. Às vezes penso que sou vista como louca porque só eu quero falar sobre meus filhos mortos, como se eu fosse uma espécie de coveira."

13.

Saímos do parque e chegamos à casa no início da noite enquanto Hipólito ainda dormia. Tomei um banho curto e em seguida Tereza me levou ao atelier. Ela parecia excitada após o parque.

"Lembro que quando pedi que me trouxesse a imagem de um quadro seu, apresentou-me a *Madrasta*, a pintura seca de uma mulher mais velha segurando uma criança no colo. No quadro não é possível ver o rosto dos dois representados, pois a mulher inclina o pescoço para observar a criança e o bebê está com a face parcialmente coberta por um lençol. Gostei principalmente do esmero com que utilizou as sombras e os semitons entre a paisagem rural e a pele dos personagens. Quando me disse que fez tudo aquilo com a espátula, eu fiquei realmente surpresa."

"Uma espátula bem delicada, foi o que você me disse." Relembrei aquele dia.

"Exato. Muito delicada. Uma dosagem perfeita de tonalidades levando em conta os humores da tinta a óleo. Mas recorda o que eu falei sobre o conjunto?"

Uma doce brisa de noite escorre pela janela entreaberta e os braços de Tereza vagam pelos meus quadros inclinados nas paredes do atelier. Por vezes ela olha qualquer pintura com mais afinco, por vezes repele como uma fruta azeda ao paladar. Em segundos pega um desenho inacabado de uma trabalhadora braçal no meio de uma floresta consumida e põe em cima da mesinha de centro. Tereza avalia com os dedos tateando a superfície da tela.

"Não tem alma." Admiti, recostada à porta.

"Exatamente. Mas não quer dizer que sejam ruins. Olha isso"— ela me faz chegar mais perto da pintura inacabada para apontar os rios de cores. "Como você tem uma espátula doce, minha querida. Você é uma *caravaggista* até a alma." Então soltou a trabalhadora na mesa e foi até as outras pinturas próximas. Agora ela separa um quadro menor onde o desenho amarronzado cheio de linhas grossas de um cachorro feio domina a tela, e traz à mesa.

"É alguém que eu conheço?" Ela sorri. "Mas voltando ao assunto inicial, nos dois meses subsequentes fizemos um novo *tour* pelos gênios da pintura desde o Renascimento Italiano com Jan van Eyck, Leonardo da Vinci, depois Michelangelo, Rafael, Tiziano e Tintoretto, o seu Caravaggio, depois os retratos da realeza, Velázquez, Giovanni Tiepolo, até as melhores representações do início do século passado, com Pablo Picasso, Rivera e Georges Braque. Durante todo o aprendizado dei pistas sobre por que aqueles quadros tinham alma e os seus ainda eram ineficientes em simular essa experiência estética e humana. Consegue formular uma resposta adequada sobre isso?"

Tereza ficou quieta, esqueceu as pinturas e me observou com os braços à meia altura, como se tricotassem o invisível do momento.

Pincéis e tintas aguardavam ação na mesa ao lado dela.

"Os olhos e a boca. Não explorei as pequenas expressões dos olhos e da boca."

A minha professora levantou as sobrancelhas, virou de costas e andou até o cavalete onde eu a pintei na noite passada.

"Sua resposta é técnica, curta, e esqueceu outro elemento, as sobrancelhas. As microexpressões da face são a Bastilha da sua pintura. Você tem que conquistá-las a qualquer preço, está me compreendendo?"

"Sim." Assenti baixinho.

"Contudo, além de se prender aos contornos exatos das formas, às nuances da luminosidade em cada superfície, você deve impingir sua visão particular em cada quadro. Era esse o complemento de resposta sensorial que esperei ouvir."

Recebi todos os conselhos de forma atenta enquanto ela acariciava o cavalete onde eu expunha a sua imagem; a lâmina de vento frio da noite ajuda a amadurecer e definir as tonalidades daquele quadro.

"Mas este não é o motivo de eu retornar ao assunto, afinal tinha lhe dado algumas pistas sobre essa lição antes. Apenas quero que saiba que não fiquei totalmente surpresa quando vi o que você pintou utilizando o meu corpo como molde."

Tereza pediu que eu fosse até o cavalete onde a representação dela pendia aguardando os retoques finais.

"Lembro perfeitamente que posei nua com meu braço direito apoiado no sofá e o esquerdo junto ao corpo. Sorria pelo álcool. Entretanto, você me pintou com o braço direito próximo à boca com uma sugestão acentuada de desejo. Isso foi proposital?"

Passei o dedo suavemente pela tela na tentativa de relembrar o movimento feito pelos pincéis na noite anterior. Tereza aguardava minhas palavras ansiosa porque a pergunta soava artística e pessoal ao mesmo tempo.

"Não tenho certeza. Apenas me pareceu natural que eu a pintasse com os dedos próximos à boca. Talvez eu não tenha pensado de forma consciente na sensualidade."

Ela demorou alguns segundos antes de responder.

"Instintivo ou não, temos que aperfeiçoar o seu *feeling*. Lembre-se do que eu disse sobre os quadros com alma. Trabalhe a sugestão. Obras artísticas perduram porque não respondem a perguntas imediatas. Sobrevivem pelo devir. O futuro. A *Gioconda* foi pintada há cinco séculos e mesmo assim o mistério sobre seu sorriso permanece. Artes, seja a pintura, escultura, literatura, música, seduzem pelo não-dito e o não-respondido. O público gosta de perguntas e respostas, mas as grandes obras subvertem o ciclo lógico. E quando insinuar, não responda."

"Não entendi."

"Reflita novamente sobre o que eu disse. Agora vou deixá-la sozinha para finalizar o quadro e mais tarde chegará um novo modelo para suas pinturas."

"Não podemos usar o Hipólito?"

"Não, deixe o homem escrever. Eu arrumo os modelos e você trabalha. Precisamos de ao menos doze quadros para sua exposição e pelos meus cálculos temos sete que realmente justificam um *vernissage*. E quando segurar esse pincel, lembre-se da alma na pintura e sorria, mulher, por que essa cara emburrada, sorumbática, como dizia a minha avô? Você está pintando, não assassinando crianças na Palestina."

Sem que eu pudesse revidar, Tereza saiu do atelier desprendendo os cabelos finos.

14.

Pincéis, espátula em pêra, tintas, a aguarráz, a paleta de madeira, panos puídos, dois potinhos de água, tudo ao meu alcance na mesa do atelier. Em seguida, trouxe o cavalete para perto de mim e recomecei o trabalho com a imagem de Tereza.

O pincel desliza pela planície da pintura não-finalizada e Damião é resgatado pela memória; apesar de ele não me observar sempre trabalhando, lembro que tê-lo por perto me aliviava. Peguei a espátula, misturei os semitons da pele com a paisagem e pensei em ligar para o hotel, mas logo pisei no freio. Ele também deve pensar em mim durante qualquer folga de atividade, entre um cliente e outro, entre uma anotação e outra, no banheiro enquanto lava o rosto, mas por que ainda não me telefonou? Era a primeira vez que escolhíamos o silêncio ao mesmo tempo. Somos o tipo de casal sincero demais. Ou éramos? — pensei. A verdade absoluta dever ter nos feito mal. Já ouvi que para ser feliz a dois, nunca devemos nos revelar completamente ao parceiro. Algo como se fôssemos um capítulo de novela que se renova dia a dia, indefinidamente, até a hora desconhecida da morte.

Larguei a espátula.

Fui à janela.

As sombras dos outros edifícios me atingiam com o negrume da noite. A corrente de ar balançava as cortinas amendoadas como folhas largas de uma árvore de decoração. Olhei pela rua e vi um casal, éramos eu e Damião de mãos dadas. Ele contemplando o céu para adivinhar constelações que desconhecia e eu observando-o como se fosse um homem sábio. O toque dele me esquentava o corpo.

Quando dei por mim, Hipólito me levava à cozinha. Ele cozinhara um jantar vermelho com almôndegas, espaguete, molho *carbonara*, e tínhamos meia garrafa de vinho tinto. Contou-me muitas coisas sobre o progresso do romance, mas eu sequer entendi o título.

* * *

Perto das onze da noite, quando ainda trabalhava no atelier, Tereza reapareceu sorridente com um andar folgado e inconstante. Como precisava de ajuda para manter o rumo dos passos, apoiava-se em um homem que vestia apenas calça jeans. O rapaz devia ter entre vinte e cinco e trinta anos. Rosto simétrico e quadrado, como um *cowboy* dos anos setenta, mas sem qualquer barba. Reticentes cachos morenos enfeitavam a cabeça enquanto vivos olhos verdes iluminavam a aparência atraente dele. Então notei os braços, as linhas do ombro malhadas, o triângulo do trapézio bem torneado e o peito nu, definido e ligeiramente cor de romã, como cama aguardando moradora.

— Gostou de alguma coisa? — Tereza tentava se recompor, mas caía nos braços do rapaz. Ele, sorridente, ajudava-a a ficar em pé. — Uma beleza genuína, este é o Gab... Gabriel.

— Na verdade o meu nome é Rodolfo — corrigiu o rapaz. Tereza largou os braços dele e andou passos firmes na tentativa de ajustar a postura bêbada.

— Rodolfo, mas com cara de Gabriel, ou também Adônis, o príncipe da beleza mitológica. Veja isso, Laura, não é desconcertantemente belo? — ela agarrava o rosto dele, que sorria.

— Seu nome é Laura? — a voz dele soava infantil, carinhosa.

— Sim, Rodolfo — o sorriso dele me despertou a memória de morangos silvestres. Era doce.

— Tomara que eu não esqueça, Laura, minha memória é ruim. Dizem que é porque sou superdotado.

— Superdotado de beleza, Gabriel. Você é belíssimo, mas burro como uma porta. Não por acaso, sobrevive dos bens que a genética te presenteou. Agora vamos ao exercício da noite. Tire a roupa. Pode se apoiar naquele banco perto da janela na posição mais confortável possível, mas, por favor, feche as pernas, a etiqueta de sempre.

— Nunca terminei exercícios com modelo nu.

— Sempre há uma primeira vez, não é o que dizem? Vamos colocar uma nova tela e depois pode finalizar a minha. Vou supervisionar os traços como sua sombra. Quantos homens nus você já viu na sua vida? Espero que este não seja o segundo.

Meus olhos percorreram o chão do atelier. Cruzei os braços.

— Álcool? — da porta, Hipólito segurava nova garrafa de vinho.

15.

(limpo as lágrimas no lenço oferecido pela psicóloga. Profissionalmente, me observa com seu contínuo óculos pesado.)
— Como você disse algumas vezes, vivenciar o luto é muito importante para encontrar uma nova forma de seguir em frente. É por isso que eu não culpo o silêncio do Damião. Ele não viveu a morte dos pais.
(ela anota algo, cruza as pernas e me aguarda. As lágrimas quase não saem agora.)
— Os tios dele não devem ter entrado no assunto porque o Damião era jovem. Mas veja só, por não ter sentido aquela perda, o meu marido não chorou a morte dos próprios filhos e eu acabo acumulando mais um fardo: o silêncio do casamento. Damião é mais um que busca enterrar as coisas. Jogar para baixo do tapete. Mas é impossível.
(os *ganeshas* foram postos nas estantes laterais do consultório. Agora não me observam de frente, mas pelos lados, como visitantes silenciosos e gentis. Do lado de fora as árvores farfalham devagar com o vento híbrido do outono.)
— Compreender o problema do Damião não quer dizer que eu esqueça toda essa ausência. Mas não sei o que fazer. Sou uma condenada, não há outra explicação. Talvez eu realmente o ame muito porque por vezes revejo o nosso casamento. O mundo brilhava para nós, tínhamos idade, planos, uma casa, o Henrique na minha barriga, e eu sentia todo aquele amor e cumplicidade ao redor. Mas depois que o meu bebê morreu, depois que a trombofilia me assaltou, que inferno. É como se a natureza dentro de mim não me quisesse como raiz de nada.

(silêncio. Limpei uma ou duas lágrimas rapidamente e passei a rodar a aliança de casamento no meu dedo. Ela parecia perder o interesse em mim então fui contar uma novidade.)

— Voltei a sair de casa sozinha. Disse para minha mãe que não vou me matar. (sorrio com a lembrança.) Voltei às exposições e conheci uma mulher muito enigmática, para dizer o mínimo, seu nome é Tereza. Ela quer conversar sobre minhas pinturas.

16.

No domingo de manhã, acordei na sala de estar. Sentia-me embriagada, mas não havia qualquer memória de álcool. Logo pensei que as tintas me envenenaram o espírito, coisa que às vezes acontece quando começamos a pintar, mas também não tive certeza. Massageei as têmporas sentada no sofá e então percebi um travesseiro e cobertor ao redor. Não havia lembrança de quem me pusera ali.

Hipólito dormia no outro sofá, silencioso como a primavera.

Mal formulei um pensamento, toca a campainha.

Dois toques.

Enxerguei minhas roupas íntimas apenas quando, ainda tonta, resolvi levantar para atender a porta. No terceiro toque, o Hipólito acordou repentinamente e colocou os óculos no rosto. "Bom dia, Laura. Quer que eu atenda?" A voz do escritor grossa ao acordar. Neguei com um gesto de cabeça, em seguida peguei o cobertor e enrolei no meu corpo. A manta arrastava-se pelo chão da sala como o eco de um vestido de casamento pomposo. De frente com a porta, rocei as costas das mãos nos olhos e dei meu melhor sorriso. Àquela hora, certamente não esperava ninguém.

— Laurinha, se a montanha não vai até Maomé, Maomé vai até a montanha, ou será o contrário? Tanto faz, dá cá um beijo na sua irmã.

Olívia e meu sobrinho, Francisquinho, surpreendiam-me.

— Minha nossa, o que aconteceu? — ela perguntou após enxergar o meu estado.

— Pensei que essa seria sua primeira dúvida.

— Sabe como é, na família temos que manter as aparências.

Francisquinho tinha quase sete anos, por isso não gostava quando o chamavam de criança nem de Francisquinho, preferia Francisco ou sobrinho. Ele ficou me olhando, entre surpreso e indeciso.

— Dá um abraço na sua tia, filho.

Após o cumprimento infantil, entramos na sala. Os dois sofás estavam arrumados e escutei barulhos na cozinha. Olívia sentou na minha frente e começou a olhar em volta. Procurava brechas — a minha irmã tinha instinto para encontrar falhas.

— Não é o marido que dorme no sofá, ou estou enganada novamente?

O sobrinho começou a andar pela sala, inquieto, como se desde a última vez que estivera ali, outra casa tivesse sido sobreposta à minha.

— Não sei como explicar. Estou confusa — respondi ajeitando a coberta no sofá.

— Foi algo que ele fez? Algo que nós fizemos? Eu não queria retornar nesse assunto, mas é algum resquício da internação?

Observei o Francisquinho caçar coisas no móvel envernizado da TV e não a respondi imediatamente.

— Ou será que foi tudo isso?

— O quê você disse? — Olívia surpreendeu-se.

— Nada, estava pensando alto.

O cheiro de café começou a preencher o ambiente; logo refiz minha postura no sofá, pedi licença, corri com o lençol até o atelier e vesti umas coisas que sempre deixava lá. Antes de voltar à sala, o cheiro de tinta fresca fez com que eu enxergasse o quadro da noite anterior. A imagem do corpo nu de Rodolfo fez-se presente. Onde ele estaria?

Voltei excitada à companhia da minha irmã e senti que tudo me sacodia — o café inesperado, Hipólito conversando amenidades com Olívia, o paradeiro de Damião, Rodolfo e Tereza —, sorri de forma repentina e lembrei o passeio de ontem, eu apresentada à morte mecânica, aos aparelhos selvagens que despertam o interesse e o vício do céu e estaquei com o sobressalto. Calores espalhavam-se pelo meu corpo e tive a consciência palpitante de que vivia. Uma vida plena, aquela que por vezes se manifesta como se fôssemos cúmplices de qualquer crime.

— Ninguém me faz crer que você está bem, Laurinha — Olívia foi até mim. Os olhos rígidos, segurando sentimentos.

Subitamente, ri.

Desatei a rir. Gargalhei como se desfrutasse de uma rara alegria compulsória. Peguei os braços da minha irmã e segurei-os como quando íamos brincar de roda, e sorri abertamente, sinceramente, bondosamente, até que a sensação quebrasse em onda no corpo dela e a contagiasse.

Em segundos, nós duas ríamos sem pudor em pleno domingo, meio-dia, Hipólito servindo café, sol degradando todos os corpos, igrejas lotadas sem nós, cafeterias lotadas sem nós, passeios turísticos lotados sem nós, barracas de algodão doce com filas quilométricas, brinquedos aguardando pessoas, e nós ainda rindo, compartilhando qualquer piada ou crime inesquecível. Hipólito também gargalhava. Uma risada curta, espasmódica, como se as galerias de sua garganta fossem enxotadas de morcegos apenas de tempos em tempos. Franciscinho, parado frente à TV, também ria, um riso desnorteado de quem ainda não tem todos os dentes, e como o corpo pequeno dele não controlava toda aquele tremor, passou a correr em volta dos sofás. Corria e ria. Corria e ria. Ao nos depararmos com aquele movimento infantil alimentávamos novas gargalhadas. Hipólito apontava para meu sobrinho e tentava imitar a forma incomum de corrida e risada de Franciscinho. Logo o escritor sentou no chão, cansado de tanto esforço, tirou os óculos e começou a limpar a lente e os olhos, encharcados de riso. Eu e Olívia diminuímos as risadas, nós também exaustas.

— Agora consegue acreditar que estou bem?

— Talvez, Laurinha. Não conhecia o seu amigo, Damião sabe?

— Sabe — Hipólito respondeu, ainda limpando os óculos. — Tenho a completa anuência do esposo da Laura para morar aqui no formato de residência literária. Estou escrevendo um romance.

— Que tipo de romance?

— Um bem longo — respondi. — Agora vamos para a sala.

Encaminhei a Olívia para o café preparado pelo escritor e umas bolachinhas nos espreitavam, apetitosas.

— Olívia, onde estão as fotos do seu casamento?

A pergunta súbita de minha irmã fez com que eu queimasse a língua no café.

— O quê?

— Não se faça de boba, as fotos do seu dia mais importante, onde estão?

— Por aqui, ora — olhei nas estantes da sala e percebi que as imagens daquele momento desapareceram.

— Mil perdões, falha minha — o Hipólito respondeu. — Tirei os porta-retratos por conta do *show* de ontem e ainda não os recoloquei no lugar adequado. Mas garanto que estão a salvo da sujeira.

— Um *show* na sua casa? — minha irmã novamente fora surpreendida.

— Ouviu o Hipólito? As fotos estão descansando em outro lugar — desconversei. Os olhos de Olívia estavam novamente tensos. Ela abriu a boca como quem fosse falar algo, mas depois calou-se, voltando ao café.

O Hipólito servia-nos bolachas com geleia de framboesa em pleno meio-dia. Segundos depois foi até a cozinha e nos trouxe três pires de saladas de frutas com fatias de morangos, bananas, melão, quiuí, abacaxi e uvas soltinhas. Olívia mastigava lentamente como quem deseja perguntar algo sobre o escritor. Era por isso que ela me olhava daquele jeito, imprecisa, por cima da xícara, os olhos analíticos e ansiosos. Eu sorria e ela observava isso.

— A sua irmã é?

— Arquiteta — Olívia respondeu antes de mim.

— Escritório próprio? — o Hipólito era diferente, perguntava com intenções plenas de ouvir.

— Quase. Preciso de mais reconhecimento antes de sair em empreitada solo. Aliás, estamos com um projeto grande de um shopping porque a incorporadora do terreno é amiga da minha chefe e acredito que essa possa ser a minha chance.

— Desculpa, mas você é a mais jovem? — a voz dócil e a pergunta inesperada do Hipólito amenizaram o clima da sala. O ar quente do início da tarde não parecia ferir tanto.

Olívia deitou a xícara e virou o rosto devagar. Ela sorria sem jeito enquanto pegava a salada de frutas.

...

— Um ano e meio — respondi, notando que minha irmã ganhara o dia. — E já tem um filho. Divorciada. Ela sempre foi resolvida assim.

— Laurinha...

— O que foi? Ele é um escritor, se não responder logo, pode imaginar coisas.

— Desculpe a intromissão, é que você é a irmã mais nova, mas sempre chama a Laura no diminutivo, isso é um sinal bonito de afeto.

— Passar pela maternidade nos modifica — Olívia respondeu após longo silêncio. — Comecei a enxergar todo mundo com olhos mais íntimos.

— Olhos benevolentes? — insistiu o Hipólito, enquanto minha irmã esforçava-se por manter o contato visual. Com certeza ela suava por baixo daquela blusa fechada.

— Não sei explicar. Parece que rebenta uma força afetiva que antes adormecia no corpo, uma espécie de móvel desconhecido que encaixa perfeitamente na nossa casa — Olívia me encarava agora. — Quem sabe o que poderia ser diferente se notássemos essa potência de carinho antes?

Abaixei a cabeça, concentrei-me nas fatias da salada. Os morangos estavam úmidos e exageradamente vermelhos, talvez a ponto de vencer. O quiuí, que eu tanto adoro, descia mal pela garganta.

— Nós nunca saberemos, Olívia, e não podemos nos culpar por este ou aquele caminho tomado porque é injusto sofrer por uma ideia. Somos adultos, determinamos nossas escolhas por experiência, estratégia, bom senso e temos que lidar com os desdobramentos bons e maus disso — subitamente parou de falar. — Olha eu conversando como autor de autoajuda agora, daqui a pouco vou citar o Paulo Coelho.

Somente o Hipólito riu.

— Por outro lado — retomou o escritor —, adultos podem alterar seus caminhos. Mudar é uma lei da natureza que exige íntima sinceridade, ousadia e coragem. Imagino que tornar-se mãe seja uma dádiva maior que essa — olhando para a xícara de café, Hipólito fez um sorriso sem piada. — Não sei se me fiz compreender, dizem que sou melhor escrevendo.

Terminamos as saladas de frutas e ficamos em silêncio. Pela janela, notávamos densas nuvens protegendo-nos momentaneamente do sol.

AAAAAAAAAAAAAAhh!

Francisquinho gritou e o afiado barulho infantil nos acordou de uma dormência; apenas agora percebemos que o menino não estava conosco desde o momento da gargalhada coletiva.

— Não foi nada. Nada demais — ouvimos. Era Tereza.

Saímos do sofá e subimos a escada correndo.

O meu quarto estava com a porta aberta e Olívia foi a primeira a chegar ao cômodo. Atrás dela, deparei-me com nova surpresa: Rodolfo abraçava meu sobrinho, que retribuía o gesto. A minha irmã separou os dois, atônita, e abraçou o filho, erguendo-o para procurar alguma ferida recente. Como não achou nada, virou-se aos meus convidados.

— Quem são esses dois e o que esse cara estava fazendo com meu filho? Explique-se muito bem porque eu vou a chamar a polícia, está me ouvindo?

— Não foi nada, estávamos acordando, a criança nos enxergou e gritou surpresa.

— Por que estão na cama da minha irmã?

— Acalme-se, tudo não passa de um mal-entendido, eu me chamo Tereza. Tereza de Magalhães Mascarenhas — ela estendeu o braço, mas minha irmã não cumprimentou. Ao invés, Olívia deu um passo para trás e observei Rodolfo com todos os músculos à mostra e apenas de cueca. Com aquela luz, poderia pintá-lo novamente.

— Gabriel, melhor se vestir — pediu Tereza. — Laura, explica para a sua irmã porque ela não vai me ouvir — após dizer isso, saiu da cama, nua. Olívia virou-se para que Francisquinho não visse a cena. A minha irmã ficou pasma, mas não podia acusar Tereza de vulgaridade porque o corpo da minha mentora não carregava qualquer sinal explícito de tesão; com seios pequenos, pele excessivamente branca e púbis invisível, minha professora parecia um manequim de loja de roupas.

— A Tereza me ensina pintura, Olívia. Foi graças a ela que voltei a pintar — Tereza assentiu positivamente, lisonjeada.

— Uma professora que transa na cama da aluna?

— Estava em desuso — respondeu Tereza pouco após uma curta risada.

— Damião sabe disso? — Olívia perguntou, ainda brava.

— Não quer ir contar a ele? Se encontrá-lo, mande um abraço meu.

Mal ouviu a recomendação carregada de ironia, a minha irmã partiu para fora do quarto. Francisquinho dava tchau e Rodolfo retribuía sorrindo e acenando.

Fui atrás dela e a alcancei na sala.

— Acho que eu te devo explicações.

— Muitas. Inúmeras. Você me recebe de cobertor, depois fico sabendo de uma festa, as fotos do seu casamento sumiram, Damião sumiu, e agora você nem mais dorme no seu quarto, mas deixa sua professora transar na sua cama? Voltou a pintar? Ótimo, mas a custo daquela mulher? Ou sei lá o gênero daquela pessoa. O que papai e mamãe vão achar disso? Não sei guardar segredo deles, se me perguntarem, e mamãe está sempre apreensiva sobre você agora, como vou reagir?

Citar a mãe foi golpe baixo. Cruzei os braços sem jeito e não consegui olhar nos olhos da minha irmã.

— Não diga nada. Diga para ela me visitar — repliquei.

Meus pais, Damião, o passado do meu corpo e a ideia de um filho, todos caminhos sem solução.

— Mas antes que vá embora, acho que Laura não me apresentou de maneira correta — enquanto descia a escada, Tereza falava solenemente. — Por mais que o momento seja inoportuno, afinal começamos antes com o pé esquerdo, devo reiterar que além de apreciadora do trabalho da sua irmã e mentora no desenvolvimento artístico dela, fui eu quem a ajudei no maior momento de escuridão que ela enfrentou. Ainda lembro de como a encontrei no quarto com pílulas e mais pílulas de calmantes pelo chão e os batimentos cardíacos tão acelerados quanto um cavalo prestes a correr uma última corrida. É um prazer novamente, Olívia.

— Ponha a mesa, decidi almoçar aqui hoje — respondeu minha irmã. Os olhos dela fixaram-se em Tereza enquanto o meu sobrinho pedia para sair do colo e ganhar o chão.

(Rodolfo foi embora antes do almoço. Justificou algum compromisso na agência de modelos. Francisquinho abraçou-o demoradamente pela partida e Olívia ficou impressionada com a sintonia infantil entre os dois.)

Exceto pelo meu sobrinho, o almoço foi silencioso e pesado. O ambiente dominical abafado exerce uma pressão áspera sobre a mesa e ninguém se arriscava a desfazer a atmosfera. Vez ou outra os talheres e pratos produziam sons agudos que funcionavam como pequenos trovões na nossa natureza privada. Francisquinho permanecia um pouco barulhento, mas mesmo ele não nos tomava a mesma atenção de antes; estava solto e não nos preocupávamos mais.

Finda a refeição, fomos para a sala sem qualquer conversa agradável que funcionasse como desjejum. Alguém ligou a TV e foi como se escutássemos uma mosca zumbindo, apenas Francisquinho ficou assistindo empolgado. Sem qualquer palavra, Olívia levantou-se e foi ao atelier. Eu e Tereza observamos quietas.

— Este quadro é daquele rapaz que foi embora?

Com a pergunta de Olívia, até Francisquinho saiu da sala para observar as pinturas conosco.

— O nome dele é Gabriel — Tereza respondeu quando chegamos ao atelier. — Um modelo que utilizo às vezes. Uma beleza helênica, não acha?

Olívia passou os dedos sensorialmente pelos cantos do quadro e eu a alertei da tinta ainda não finalizada.

— Ele estava realmente nu quando o pintou ou isso é uma projeção?

— Nu. Naquela cadeira — apontei o local onde Francisquinho se equilibrava.

— Desce daí, meu filho, já não falei para você se comportar igual homenzinho? Desce daí, Francisco. Agora! — o meu sobrinho desceu chateado do móvel e foi andar em volta dos outros quadros espalhados pelo cômodo.

— Pode não parecer, mas estou feliz que tenha voltado a pintar, irmãzinha. Eu sei que é importante para você, é importante para nós também — Olívia pegou os meus braços e em seguida me abraçou apertado. Senti seu coração sob a blusa.

— Momento tocante, realmente, mas vamos fazer um novo quadro agora, Laura? — Tereza manifestou-se indo até nós.

— O quê? — Minha irmã reagiu.

— Precisamos de mais uns quatro quadros para a exposição, aliás você contou para sua irmã da *vernissage*?

— A minha irmãzinha vai expor? São tantas novidades que mais um pouco vai me contar que está separada, não é?

Nada respondi à provocação sem graça dela.

— A exposição ainda não tem data definida. Laura ainda me deve algumas pinturas. Precisamos de certa variedade de temas e acredito que a sua visita dominical pode nos ajudar.

— Você quer que eu pose para a minha irmã? — a dúvida carregava surpresa, mas também certo entusiasmo.

— Não. A criança é a mais adequada — agora era Tereza quem sorria; observávamos Francisquinho finalmente sentado perto dos pincéis.

— Impossível, acho que ele não vai parar quieto.

— Foi a partir de uma imagem que você pintou *A madrasta* ou estou enganada? — Tereza não considerou a justificativa da minha irmã.

— Era um anúncio de plano de saúde em uma revista. Gostei da imagem e substituí o ambiente próximo.

— Exato. Agora terá a oportunidade de trabalhar com outra matéria bruta, quer dizer, o corpo serelepe do seu sobrinho. Pode parecer difícil, crianças realmente se mexem demais, coisas do espírito ainda arredio, mas lembre-se do que eu disse sobre a visão particular do pintor. Não dizem que os mestres de xadrez conseguem jogar sem as peças, apenas memorizando a progressão dos movimentos? Esse será seu exercício de hoje.

Olívia não fez qualquer comentário.

— Filho, fica sentado aí. Titia quer pintar você — e virando-se para nós: — Ele vai posar assim mesmo, de roupa, ao contrário do galã aqui.

Francisquinho ficou quieto apenas quando começou a morder uns biscoitos trazidos pelo Hipólito. Aproximei o cavalete com o quadro em branco e desenhei os contornos do meu sobrinho no centro da tela. As migalhas dos biscoitos caíam no chão e eu o imaginava no meu colo com aqueles olhos verde-escuros; pareciam-me um lote do universo em expansão. Ele sorria pela fome saciada ou por que todos o observavam como se fosse uma estrela?

— Já está bom.

— O quê? Você apenas fez uns círculos e meridianos, irmãzinha. Não tem nada aí. Eu faço o Francisco ficar quieto, continue.

— Errado. Aí tem tudo o que a artista precisa, Olívia.

— Então me diga o que ela fez além desse esboço geométrico?

— Ela tem técnica, abstração e, nesse exato momento, acaba de adquirir confiança. Traga a criança, vamos para outro cômodo.

Olívia foi embora no pôr do sol, mas pintei até a lua dominar o céu. Ao fim, meus dedos tremiam como máquinas querendo continuar o trabalho mesmo estando desgastadas pelo uso. Sentia-os frios. Tereza me cobriu com um lençol e me levou ao quarto sem dizer palavra. No criado-mudo, um pequeno jantar.

— Faltam apenas três agora.

— Exato, artista.

— Ainda faltam uns retoques, é claro, mas no geral faltam três.

— Excelente. Coma devagar, trouxe coisas leves, depois descanse, durma, amanhã temos tempo.

— Você confia em mim?

— Desde o princípio. Agora coma e descanse. Vou dormir na sala enquanto o Hipólito escreve. Parabéns pelo trabalho.

Ao se despedir, Tereza me beijou os lábios docilmente.

17.

Na primeira perda, receitaram-me calmantes. Eu e Damião estávamos casados há apenas um mês e meio. O psiquiatra era o doutor Nogueira, um cinquentão calvo com um bigode fino e arrebitado que o disfarçava como gângster dos anos trinta. A mãe foi comigo.

Na segunda vez, um ano e meio depois, aumentaram a minha dose e também passei a controlar o sono por remédios. Repetiam que eu não fazia parte no grupo de risco por conta dos meus áureos trinta e quatro anos, mas eu sorria frágil porque tinha certeza que meu útero estava inutilizado.

Em casa, o silêncio de Damião me afligia de todas as formas; ele sequer ouvia a minha tristeza e era constantemente vago sobre o trabalho no hotel. Apenas me oferecia o próprio corpo quando eu tremia de medo à noite e mudava de assunto quando tratávamos dos nossos filhos mortos.

O voto de amor na saúde e na doença passou a não ecoar ali.

Perdi peso, não conseguia me concentrar em nada. O sentimento de perda me assaltava constantemente em tremores no corpo e por vezes uma irritação inesperada se apossava de mim, em silêncio. Ao ouvir esses sintomas, o doutor Nogueira me receitou novas pílulas e comprei-as às dezenas, mas apenas as estoquei no armário do banheiro. Passei a ignorá-las, assim como os médicos e alguns amigos. Damião permanecia fiel ao trabalho enquanto dedicava pouco tempo às minhas fraquezas e indagações pessoais. Sozinha, até as tremedeiras afastaram-se.

Percebendo o silêncio de Damião, a minha mãe ouviu sobre uma psicóloga especializada em perda gestacional e decidiu me levar até lá. No trajeto de ida e volta do novo tratamento, a senhora Tomás Coelho não dizia nada. Talvez esperasse a minha recuperação para culpar o casamento apressado, a vida na capital ou o enlace com um homem sem raízes e sem ouvidos ao luto.

Ia à psicóloga com a mãe, mas para não surtar com todo o inútil e severo silêncio, resolvi voltar a frequentar as exposições de arte. Corria o perigo de ser assaltada pelos sintomas da ansiedade ou os movimentos desconcertantes do corpo, mas precisava respirar fora daquela casa. Foi durante aqueles meses que conheci Tereza. Ela demonstrou interesse em ser minha mentora nas artes e pediu uma pintura. Levei fotos de *A madrasta*, uma tela finalizada em um curso anterior. Ela gostou, mas não achei que foi sincera. *Talvez me veja apenas como um desafio para enriquecer mais o seu nome*, pensei na época. Apesar das minhas dúvidas, decidiu me apadrinhar.

Essa pequena surpresa parecia refrescar a minha enlutada alma. A professoral Tereza me levou pelas galerias da cidade, deu-me novos livros e passamos a fazer encontros didáticos nos quais ela me contava erros, acertos e técnicas de outros pintores. Em paralelo, Damião era quase um ser invisível, essa a verdade; contentava-se com o jantar no microondas ao fim do dia e continuava desarrumando a cama ao dormir.

Certa noite lhe perguntei sobre o tamanho do útero. Era uma quarta-feira e o time dele acabara de ganhar qualquer jogo sem graça. Estávamos na cama, simulando um sono.

— Qual o tamanho de um útero?

— O quê?

— E o tamanho de um coração, você sabe?

— Dizem que é do tamanho de um punho. Mas por que essas perguntas, Laura?

— E do útero? Qual o tamanho? — insisti.

— Sei lá, deve ser menor que o do coração, pelo menos.

— Está errado.

Afirmei enquanto estávamos de pijama, a cama fria.

— O útero é do tamanho de um coração.

— O que você anda vendo enquanto não estou em casa, Laura? É isso que você aprende na psicóloga?

— Não tem nada a ver com análise. A gente sabe essas coisas depois que vê uma criança escorrendo morta do meio das nossas pernas. A mãe sente o coração até menor que o útero. O peito saltita uma ou duas vezes e depois para, esquece de bater. Os médicos nos anestesiam para limpar tudo, mas mesmo zonza a gente lembra do que acontece, a gente sabe o tamanho do coração e o tamanho do espaço no meio das nossas pernas.

— Você não acha melhor a gente mudar de assunto?

Damião alisava os meus braços como se eu estivesse chorando, mas não era verdade. Ele não conseguia entender a minha comparação entre o útero, o coração e o tamanho da perda dos nossos filhos porque ainda estava pensando no jogo, eu tinha certeza. Ele continuava eufórico com fato de o time dele ter ganhado. Foi por isso que ele chegou mais cedo do trabalho naquele dia. O jogo. E agora me alisava como se eu fosse uma criança chorando.

— E o silêncio?

— Que silêncio, Laura? Você vem me falar de silêncio de novo?

— O silêncio maternal.

— Isso não existe, amor. A gente sabe que você enfrentou muita coisa, aqueles problemas no hospital, as internações, mas os médicos dizem que seu corpo está bem, que pode dar à luz outra criança. Só temos que ter mais paciência com o tratamento.

— Eu queria mesmo era barulho aqui em casa. Uma criança correndo pequenina derrubando as coisas, nos acordando de madrugada, derrubando minhas pinturas pelo atelier, chorando pedindo alguma coisa, eu queria era o som de uma casa ocupada.

O meu marido nada dizia. O meu marido não agia compartilhando aquelas dores que nascem com a divisão justa de um casamento. O meu marido parecia vestir a estupidez com competência.

— Não está me ouvindo? Diga alguma coisa, oras.

Silencioso, ainda me adoçava os braços com o seu toque. Subitamente deixou de fazer; devia achar que me estimulava o discurso com aquele movimento de cachoeira.

— Acalme-se Laura, o doutor disse que você poderia se irritar facilmente.

— Dane-se o doutor. Estou falando com você, Damião. O Henrique e o Rafael também eram seus filhos.

Ele não me olhava os olhos, estava virado na cama.

— Se você gritar novamente eu vou para o sofá.

Como não conseguia mais lutar, dormi insonemente. Damião desceu para a sala, incomodado com minhas tentativas de pegar no sono.

* * *

Não sabia se era crise do casamento, a ansiedade, ou algum sintoma reprimido, mas no outro dia as tremedeiras nas mãos retornaram severas. Mal tomei banho para encontrar Tereza, descuidei-me e caí no banheiro protegendo apenas a cabeça de qualquer fatalidade. Não só as mãos tremiam, mas o corpo também. Permaneci ao lado do vaso chacoalhando chacoalhando chacoalhando chacoalhando. Era como a memória de um choro intenso onde o corpo é torcido pela dor na alma.

Tremor fisiológico exacerbado, era o termo usado pelo doutor Nogueira. Algumas pessoas o tinham de forma imperceptível, ele me contou, mas no meu caso o passado e a ansiedade intensificavam o sintoma. Ou talvez fossem os meus filhos invisíveis comandando as tremedeiras para me pedirem algo? — foi o que pensei ao lado do vaso. Duas crianças movimentavam-me por todos os cantos, eles tinham sede fome vontade de carinho solidão queriam correr nadar ao meu lado derrubar minhas coisas, mas só conseguiam me chacoalhar chacoalhar chacoalhar sem eu entender. Minha burrice merecia isso, eu merecia isso. Então lembrei das pílulas e do doutor contando que poderiam me ajudar em momentos de crise.

Precisei de muito esforço para abrir a gaveta e pegar as caixas semiabertas. Quando tentei engoli-las, caíram todas sobre o tapete ligeiramente úmido; minhas mãos trêmulas eram como peneiras que faziam escorrer os medicamentos para longe. A única solução era agarrá-las com a boca, uma duas três dez vezes, até engolir todas.

A maré química foi como um bloco de gelo da Antártica machucando o meu cérebro sem qualquer cerimônia. Segundos depois, apaguei os sentidos, sem consciência.

Não tenho lembrança de ter encontrado meus filhos enquanto permaneci morta.

18.

Tereza viera à minha casa algumas vezes antes para me instruir e ver meus quadros. Tereza preocupou-se com meu atraso e veio me procurar. Tereza notou a porta aberta, andou pela casa e me encontrou estirada no chão do banheiro a dormir sem volta.

Ela me contou isso tudo quando a reencontrei após o coma.

Momentos depois me apresentou o Hipólito dizendo que a companhia de outro artista me faria bem. Preencheria o silêncio, pelo menos.

Tereza não vestia o invisível.

19.

No outro dia após o beijo de Tereza, desci quase ao meio-dia à cozinha. Era segunda-feira, mas em nada era parecida com minhas outras segundas-feiras. Primeiro porque era tarde e eu não me presenteava com esse luxo de acordar naquele horário. Segundo porque, após a visita da minha irmã no dia anterior, pensei que algo mais me aguardava.

— Meu amor, finalmente desceu?! — escutei minha mãe surpreendendo-me. O som do pires denunciava que Tereza ou Hipólito a recepcionava na sala.

Dona Lourdes levantou-se do sofá, acomodou o copo de café na mesa de centro e me abraçou com carinho. Ela andava devagar, uma marca da idade, e passou a acumular um cheiro de talco permanente na pele, como sempre em conservação. A minha mãe apertou os meus braços e em seguida me abraçou. Repetia o carinho, analisando a minha reação, até que cedi aos seus desejos e a correspondi com o mesmo amor.

— Como está a minha menina? Tá corada, pelo menos, com cor de leitão novo, está boa mesmo? Não mente para mim.

A Dona Lourdes agia assim, entre sorrisos e cerimoniosa, quando recebíamos visitas em casa.

Dois segundos e Tereza chega à sala bem vestida; uma camisa de seda bem presa ao corpo com uma calça de sarja amarelo girassol, confortável. Tinha pulseira nos braços leitosos e uma gargantilha de prata no pescoço. Cabelos presos e suave maquiagem rosada no rosto.

— Finalmente a nossa artista desceu. Venham, acabei de trazer o desjejum — a voz amistosa, entre contente e professoral.

— Minha filha, fui recepcionada pela sua hóspede. Fiquei desapontada por não ter me dito que a pessoa que mora com você é uma Magalhães Mascarenhas.
— Hein? — respondi.
— Acho que a artista não se apega a esse passado. Deixe-a, Dona Lourdes.
— Mas como? Ela tem que saber o nome das coisas. Deus nomeou tudo com o nome exato delas, um cavalo é um cavalo, uma cadeira a mesma coisa, e há muito para aprender no mundo, mas uma Magalhães Mascarenhas não é qualquer nome que se despreze.
— Não estou entendendo, mãe.
— Então ouça, querida. Sua convidada é fruto de uma das famílias mais importantes de Minas Gerais. É um sobrenome português como o nosso, mas a nossa família se estabeleceu em Barbacena no meio do século dezenove, como você sabe. A família Magalhães Mascarenhas, por outro lado, é mais antiga, chegaram a Minas após as Guerras das Emboabas e fixaram residência em São João Del Rei.
— A verdade é que somos um pouco donos daquilo lá — a minha professora respondeu me servindo o café.
— Com muito merecimento, é claro. São quase trezentos anos naquelas bandas.
— O seu nome vem da região do Minho, Laura. Seus ascendentes chegaram no auge da corrida do ouro. Os meus vêm do Douro, ambas ao norte de Portugal, mas nós chegamos uns cem anos antes, após as Emboabas, como bem lembrado por sua gentil mãe.
De súbito, Tereza adquiria nova camada de importância.
— Que inusitado, fiquei até arrepiada. Trabalhavam com café em São João Del Rei? Foi assim que nossa família prosperou em Barbacena.
— Não. Toda família tem um passado ruim por trás — Tereza respondeu, colhendo frutinhas em um pires.

— Foram comerciantes de escravos. Eu me lembro das histórias. Alguém precisava fornecer escravos aos donos das minas e famílias portuguesas enriqueceram trabalhando como intermediárias. A abolição ainda não existia.

O assunto era desconfortável para minha professora. Seu sorriso desapareceu e ela fixou-se em comer os pedaços cortados a sua frente.

— Mas eu, sinceramente, não condeno esse modo de ganhar a vida. Era outra época, outras pessoas. Qualquer pai ou mãe de família ia tomar decisões duras para não ver seus filhos passando fome. Foi um trabalho digno como qualquer outro, e, aliás, do contrário não estaríamos aqui. Há alguma mentira nisso?

Tereza manteve um meio sorriso encabulado e finalmente a senti frágil.

— Pegando esse assunto, mamãe. Foi a Olívia que falou para você vir aqui?

— Foi, mas não se preocupe. Sua irmã é uma sonsa, me disse umas coisas descabidas que me desalinharam por um tempinho, coisas imorais, mas a verdade é que ela está em nervos por conta do trabalho no shopping novo. Pois quando eu chego aqui, nas primeiras quatro palavras que eu troco com essa belíssima mulher que é sua hóspede, qual surpresa agradável em saber que ela compartilha conosco a mesma casa, Minas Gerais, e não é nenhuma oportunista do sul ou sudeste, mas também ascendente de uma família portuguesa igual à nossa. Fiquei muito feliz em descobrir uma coisa boa dessas. Me diga Tereza, você morou na Europa?

— Fico extremamente feliz que compartilhe comigo essa alegria, Dona Lourdes Tomáz Coelho. Respondendo sua pergunta, fui a Europa para estudar. Formei-me na Universidade do Porto, em Artes Liberais, depois fiz o mestrado em Artes Plásticas em Paris, casei-me por lá com um bancário, fiquei alguns anos sem voltar ao Brasil. Me divorciei, nem lembro mais o nome do cretino. Fiz uma especialização em curadoria em Bruxelas, casei-me no-

vamente, mas o relacionamento foi mais curto do que o primeiro.
Sem muito a perder, aproveitei os meus diplomas e perambulei alguns anos por várias cidades do Velho Mundo trabalhando com alguns pintores. Voltei ao Brasil há apenas quatro anos. Mas vou confessar à senhora que sempre que a temperatura me faz mal, pego um avião e vou à Europa curar todos os males possíveis. É um bálsamo. *Noblesse oblige.*
Minha mãe sorria, como íntima.
O meu café ou a minha condição, àquela hora, eram dispensáveis. Dona Lourdes só tinha olhos para Tereza.

* * *

Definitivamente o silêncio deixou de fazer parte da minha casa.
Logo na primeira semana Tereza trouxe para nossa companhia o casal de músicos que se apresentou na noite em que Damião foi embora. Iggy e Madonna. Foram dividir a sala com o escritor por tempo indeterminado. Os músicos trouxeram incenso e pôsteres de bandas de que nunca ouvi falar onde as cores dançavam harmoniosamente com uma atmosfera quente e surreal. Sentia-me invadida, mas também corajosa por conseguir habitar com aquelas pessoas.
Na segunda semana, início de dezembro, Tereza começou a pensar o nosso Natal. Fiquei surpresa. Damião e eu sempre decidíamos esses feriados em cima da hora, mas minha professora fez questão de que fizéssemos o planejamento da festa, mesmo que pequena. Naqueles dias terminei outro quadro. Madonna foi a modelo. Minha mãe trouxe meu pai para conhecer Tereza e louvaram a atitude dela em pensar na celebração natalina.
Na terceira semana, enfeitamos uma árvore lotada de presentes. As caixas rivalizavam com o chão acolchoado onde dormiam Hipólito, Iggy e Madonna. As coisas mudavam rapidamente de lugar naquela nova casa, mas eu estava adorando. À tarde, o casal

começava a tatear músicas relaxantes e eu conseguia pintar mais disposta; Hipólito, na sala, seguia com seu interminável livro. Na quarta semana, terminei dois quadros.

Na quinta semana, a primavera foi embora e deu lugar ao severo verão tropical. Passei a trabalhar com ventiladores e sempre com a janela arejando minha pintura.

A festa preparada por Tereza foi o melhor Natal da minha vida; foi tão emocionante que lembrou a minha infância, quando a gente não duvidava do Papai Noel. Não recebi qualquer mensagem ou ligação de Damião, mas não fiquei chateada.

Passamos o ano novo. Recomeçamos outro janeiro e finalmente terminei meu último quadro. Era a sexta semana sem qualquer notícia de Damião. Tereza andava eufórica pela casa dizendo que a *vernissage* fora marcada para depois do carnaval.

Na sétima semana, não saí do quarto por cinco dias seguidos, apenas dormia e me encarava nua em frente ao espelho. Por vezes tocava o percurso das cirurgias pelo meu corpo e sentia a carne suturada criando pequenas lombadas no meu ventre. Eu me redescobria mulher sentindo aquelas cicatrizes; eu era um rio onde duas canoas naufragaram, contudo, os corpos deles não se perderam, apenas foram habitar o meu leito mais profundo.

Um e outro

20.

Saí de casa com os punhos latejando pelo rosto do Mascarenhas. Corri para fora; não suportava toda aquela doença em mim. Respirei o ar da noite e me afoguei. Tossi por alguns instantes. Coloquei a mão no peito e comecei a andar desajeitado pelas ruas. Por todo lado os animais me acossavam. Olhavam-me pelas esquinas, gatos de rua vestidos de jeans e camiseta puídos, porcos revirando o lixo abaixo de uma marquise, insetos dormindo sobre cobertores remendados pela esperança, e cada vez mais, lagartos, patos, elefantes, serpentes, camelos, baleias, pavões, todos me julgando um idiota. Corri até ficar cego. Pensei em entrar em algum bar, mas logo descartei a ideia — os cachorros latiam no meu encalço.

Peguei qualquer ônibus e parei em frente ao meu hotel. Respirava difícil, atordoado com toda aquela animália me atiçando de estúpido. O Waldomiro guardava a porta giratória espantando mendigos e dando bronca em jovens bêbados. Ele me perguntou que assombração tinha visto. Respondi que precisava ficar fora de casa aquela noite.

— Se quiser pousar lá em casa, toma as chaves. Lembra onde é?

— Não tem problema?

— É só não arrumar a minha bagunça. E não abre a janela da sala. Não gosto daquelas fofoqueiras da vila sabendo quem vai lá em casa. É o que eu posso fazer depois de você não ter me dedurado hoje na suíte do alemão.

— Amanhã cedo vou ter uma conversa séria com o senhor Bonfim — ignorei totalmente o que aconteceu mais cedo naquele dia dos diabos.

— Se ficarem de olho, fala que tu é amigo do Waldomiro Pitbull. Eles cagam de medo de mim, aqueles porras.

— Deixo as chaves lá quando sair de manhã?

— No vaso de plantas da frente. Todo mundo sabe que eu boto lá, mas veja se alguém mexe naquilo? Eles se borram comigo.

— Estou indo então.

— Escuta, eu não quero saber, mas se tiver outro macho na jogada, conheço uns amigos que podem dar um sacode legal se você quiser. Questão de honra, sabe?

— Questão de honra — repeti. O Waldomiro balançou a cabeça positivamente e seus caninos sobressaíram-se pela lateral da boca. Seus olhos vermelhos, sorrindo, foram a última coisa que vi.

O Waldomiro mora em uma vila afastada do centro. Cheguei pouco após a meia-noite. Por vezes pensei em enfrentar todos aqueles animais que me acuavam na rua, eles rastejando silenciosamente no meu encalço, fingindo conversar com outros, bebendo caídos, fumando excitados, mexendo nas latas de lixo para tirar um trocado com a reciclagem, mas tudo uma arapuca. Eram servos do Mascarenhas contratados para me caçoar de burro. Questão de honra, o Waldomiro disse.

Consegui chegar à vila. Quando abri a portinhola dos moradores, duas luzes se acenderam nas casas próximas. Urubus magrelos me espreitavam pelas janelas, eu o sabia pelo cheiro, aquele odor de quem remexe a morte diversas vezes ao dia para saboreá-la com prazer. Repeti para todos que era amigo do Waldomiro Pitbull. Uma luz apagou e duas novas se acenderam. E depois outras quatro se acenderam, e mais duas, cinco, onze. Aquelas bestas me observavam na madrugada rindo de mim, caçoando por eu ter fugido da minha própria casa e perdido a Laura para alguém que não era sequer homem.

A única casa apagada era a do Waldomiro. Entrei na quitinete que ele chamava de lar. Uma sala funcionando de quarto, mais banheiro, cozinha e uma área de lavar roupa com varal improvisado. No canto, atrás da porta, um ventilador pequeno, sem a proteção das pás, girava devagar. A janela da sala era a maior, mas eu não podia abrir, e a da cozinha ficava em frente ao muro de chapisco de outra pessoa. Em outro canto, roupas dobradas a esmo, reviradas, algumas ainda sujas, outras úmidas, em cima de um sofá pequeno. A cama dele embaixo da janela principal. Solteira. Uma manta por cima do colchão velho. Outras roupas, outra sujeira úmida, gosmenta, solitária e invencível. Então o cheiro sobrevinha, aquele amargor de homem solteiro; o mofo de sexo e lágrimas abafadas. Encontrei um colchonete enrolado embaixo da cama. Desdobrei próximo da porta e resolvi dormir. Amanhã o gerente tem que falar comigo, repeti. Questão de honra, o Waldomiro falou.

(Fogos de artifício. Xingamentos. Portas batendo. Bebê chorando. Xingamentos. Batidas. Pancadas. Coisas se chocando com paredes. Vidros estilhaçados. Xingamentos. O meu ventilador, sem a proteção das pás, rangia enquanto movimentava a cabeça.)

Eu procurava dormir.

21.

Despedi o Waldomiro no outro dia.
Ordens. Eu era o novo gerente em treinamento. Minha função era aprender, executar, e demitir.
O senhor Bonfim me recebeu pela manhã. Perguntei que diabos estava acontecendo, que planos a matriz tinha para mim, por que infernos ele era o gerente e não eu, que fiz graduação em Hotelaria só por causa daquele miserável emprego. Disse da inveja minha porque ele chegou ali com pinta de jogador valioso e era pouco mais velho do que eu. Os bigodes do gerente tremelicavam enquanto eu despejava aquilo tudo em pé, com os braços à frente, volumosos e irritados, e a minha cabeça esquentando, enevoando, tentado a ser demitido por justa causa. O senhor Bonfim, nariz lustrado, roupas bem passadas, gravata borboleta na altura exata do gogó, boca entreaberta, pelos bem cortados, contou-me um segredo: a matriz me queria gerente.
Sentei. Fiquei confortável ouvindo aquilo.
Senhor Bonfim, homem dos melhores que conheci, repetiu que a matriz me queria gerente para assumir o hotel por conta de planos administrativos de longo prazo.
Confesso que corei, surpreso e satisfeito.
Mas não seria imediatamente. A primeira fase era uma supervisão direta até que a dança das cadeiras acontecesse.
— Dança das cadeiras? — repeti.
— Demissões, vamos ser claros. A central vai enxugar a folha de pagamento antes de novas mudanças. Vamos implementar o *marketing*. Novos programas de estadia serão vendidos pela internet. *Busdoor* foi orçado. Compraremos anúncios em guias de motéis, aplicativos de estadia temporária, qualquer coisa para melhorar a lotação. Mas primeiro, demissões.

O senhor Bonfim abriu a boca para respirar e um sinuoso aroma de peixe me percorreu o cérebro. Em seguida buscou um caderninho na gaveta trancada à chave. Abriu. Passou os dedos grossos procurando algo em duas páginas marcadas com uma fita laranja.

— Vamos demitir seis pessoas. Quer dizer, você vai demitir. Experiência vem com a prática. O primeiro é o Waldomiro. Esteja pronto às vinte horas.

Sem saber o que responder, mudei de assunto.

— E sobre aquela outra coisa?

—Vamos arrumar um quarto para você. Volte mais tarde. Hoje será seu último dia na recepção. Parabéns — o hipopótamo sorria inofensivo.

Saí da conversa e fui direto ao banheiro. Sentei no vaso e ri descontrolado. Enxerguei as minhas mãos amarelas com euforia e fiquei alcoolizado de felicidade porque finalmente conseguia a promoção. Peguei o telefone para contar à Laura a vitória do dia, mas com o mesmo ímpeto com que disquei os números, matei a ideia. Estava mesmo tonto por achar que dizer a ela o meu novo cargo iria mudar alguma coisa. Poderia justificar que todo aquele silêncio se transformou em algazarra de vitória, mas seria insuficiente. Laura não era mais a mesma. A cobra do Mascarenhas a envenenou a ponto de eu não ser mais o responsável por minha própria esposa.

Guardei o celular e minhas memórias no bolso da calça. Talvez fosse solução esfriar a cabeça até Laura mandar o Mascarenhas para fora de casa. Mas até isso acontecer, o quanto sobrará ainda intocado pela víbora? — pensei. Ao meu lado, deram a descarga no vaso. A merda descendo pela corrente de água produziu um cheiro asqueroso e úmido ao mesmo tempo. Não resisti ao fedor, trinquei o nariz e saí do banheiro aos engulhos.

* * *

À noite.

— Waldomiro, por favor, entre.

— Chique aqui em cima. Tá usando o broche do senhor Bonfim agora? A Tamara disse que você quer falar comigo. Não quer esperar eu trocar a roupa, Damião?

— Você está demitido. Leve a sua carteira de trabalho para o RH amanhã nesse endereço aqui — passei um papel com o local anotado a ele. — Você vai receber cinco meses de seguro desemprego. O hotel agradece os seus serviços e deseja boa sorte no futuro.

— Tá maluco, Damião? — ele não mais sorria com a boca aberta. — Quem tu pensa que é?

— Gerente em treinamento, Morais. Damião Morais.

O Waldomiro deu um soco na mesa e apontou para o meu rosto. Ele não falou nada; o sangue o agitava pelo corpo e suas veias avermelhavam o rosto cachorrento dele.

— Se você continuar assim, vou chamar o Gusmão ou a Polícia. Em nome da nossa amizade, não me faça prestar queixas contra você — disse devagar.

O cão ficava me apontando com gestos bruscos, mas nada dizia. Os xingamentos dele travavam bem na altura da coleira. As palavras o enforcavam porque como cidadão mais assíduo do nosso país, era incapaz de amaldiçoar aquele solo.

— Questão de honra — finalmente conseguiu falar. Olhos esbugalhados, galvanizados de sangue, me ameaçavam. — Questão de honra.

— Boa sorte, Waldomiro — desejei antes de ele bater a porta ao sair. O papel do RH estava sobre a mesa. Liguei e encarreguei a Tamara de passar o endereço para ele.

22.

Em dois dias demiti o Waldomiro da portaria, a Bárbara e a Giobertina da limpeza, o Oséias e o Valcir da cozinha e a Kátia da lavanderia. Fui direto todas as vezes, segui o protocolo, não quero brincar no cargo de gerente em observação.

Passei a dormir no quartinho antes ocupado pelo senhor Bonfim.

Outra verdade é que contratamos três mulheres nesse período, todas imigrantes chinesas e da mesma família. Jianying, Meili e Qiao. Jianying e Meili são irmãs e Qiao é a prima delas. As duas primeiras têm trinta e trinta e um anos, e foram alocadas na limpeza, a última tem trinta e quatro, e ocupa a função anterior do Waldomiro.

Segundo o senhor Bonfim, a contratação das chinesas era uma aposta. Eu assenti, os salários delas eram inferiores aos outros nas mesmas funções.

— Vêm fugidas as chinesas. É o melhor que podemos oferecer — arrematou o gerente geral.

As irmãs eram como ratas, sempre acuadas pelos cantos, pequenas como meias-mulheres, trabalhando sem barulho para não ocupar espaço. Aliás, eram devotas do serviço como cristãs incondicionais, não reclamavam do esforço porque o emprego era a prova que viviam entre nós. Apenas pediam desculpas e demoramos a entender que aqueles pios eram de perdão; a intérprete era a prima fluente em cinco idiomas, inclusive o português.

Soube pelo senhor Bonfim que apenas a prima seria contratada. Não só a fluência nos idiomas, Qiao tinha morado na Califórnia com o objetivo de ser dublê de filmes de ação, mas não conseguiu o emprego. Parece que ela auxiliou as irmãs, despeitadas na China por não terem vingado casamento, a sair de lá. Acabaram descendo o Equador por conta do reforço das políticas de imigração americana e porque a prima conhecera uma intercambista carioca. Ficaram amigas e dividem as quatro uma pensão no centro. Trabalham oito horas por dia, seis dias por semana, eu decido as folgas, e nunca reclamam. As irmãs apenas desculpam-se quando qualquer coisa mínima acontece. A prima ouve e às vezes as repreende, como se não fossem suficientemente humildes para a função. Meili limpa o meu escritório e quarto de dormir todo dia. Ela sempre aparece quando finalizo a ronda matutina e vou ao pequeno cômodo olhar o cronograma de metas do hotel. A publicidade paga surtia efeito; passamos a atrair hóspedes temporários que aproveitavam nossos descontos para ficar um ou dois dias fora de casa. Não eram os clientes ideais, contudo estávamos no azul. A Meili me observa enquanto sorrio com o aumento da ocupação e, entre uma aspirada de pó e outra, deve achar que estou sendo condescendente por não apontar nenhum erro na arrumação dela. Resolvo mudar de expressão para indicar sujeira em qualquer canto do escritório e faço um gesto com a mão aberta para cima e para baixo pedindo mais zelo na limpeza. Em segundos, Meili rompe o sorriso e refaz a limpeza com mais empenho. O código funciona.

* * *

Dormia no escritório à moda do senhor Bonfim. Coisa pouca, vinte ou trinta minutos apenas. Certo dia, quatro semanas após a chegada das chinesas, decido cochilar e quando acordo sou surpreendido por um nariz em cima de mim. Duas narinas pequenas e brancas movimentavam-se estimuladas por pequenos solavancos da face. Tomo um susto, caio da cadeira como surpreendido por ladrões, e então enxergo Meili gritando em chinês como em um filme de *kung fu* logo após receber um soco. Ela se apavora com o meu apavoramento, cobre os olhos, agacha-se devagar e ouço os ruídos que precedem o choro. Como entendia essa linguagem, levanto, vou até ela e começo a alisar seus braços com ternura. O afago a fez sustar as lágrimas. Enquanto ela respira ofegante, fico pensando em como a puniria pelo acontecido, porque, por mais tolerante que eu seja, ficar me cheirando não deve ser coisa boa. Pior que era uma rata com possíveis carrapatos ou infecções naquela pele branca e lisa; aqueles pelinhos curtos, macios, que tão bem preenchiam os meus dedos grossos. Ela sorri com meu aconchego, decerto se imagina em alguma cena como donzela protegida por um destemido herói.

* * *

Dois dias depois nos beijamos sem qualquer palavra.

Meili continuava limpando o escritório após a minha ronda matinal e eu sorria com a melhora da ocupação do hotel. Aí pensei que ela não sabia por que meus lábios ficavam satisfeitos, talvez achasse que alguma simpatia brotara entre nós.

O comportamento dela fez com que eu ficasse mais confortável em não falarmos uma palavra em comum. Meili guinchava em chinês e eu acompanhava seus olhos querendo entender aquele idioma. Por vezes tentava me distanciar da presença da chinesa, mas repelia a ideia, não sou homem de temer os ratos e muito menos as ratas brancas. Verdade que era mais bonita que a irmã e em nada se parecia com a prima fortona, agora finalmente notei isso. Meili tem um rosto mais fino e menos redondo que as outras, os olhos pequenos e as pálpebras finas, as bochechas amaciadas e o cabelo bem liso e escuro. Observava seus braços delicados e ágeis limparem a sujeira com habilidade e segurança. Sorria não só com a melhora do hotel, mas com a presença dela. Daí nos beijamos, eu sentado na cadeira e ela arqueada quando limpava a mesa. Peguei o braço dela, ouvi um sobressalto em chinês, mas logo ela entendeu a minha linguagem e amoleceu a limpeza. Beijei seus lábios doces e imigrantes. Era a primeira vez que sentia uma mulher nascida fora do país.

Meili passou a gastar mais tempo na limpeza do meu escritório. Sorte minha que fazia seu trabalho rápido, depois se acomodava ao meu lado para ensinar seu idioma sem qualquer sucesso por minha parte. Gostava de me acariciar a face com suas mãos finas e macias; tão próximos, comecei a achar seus olhos grandes, maiores que os das outras chinesas, e os observei castanhos claros e serenos. Não fiquei tão ressabiado quando ela começou a fumar naquele ambiente pequeno. Aquele cheiro intenso me lembrou a adolescência e, numa tentativa de lembrar o passado, aceitei alguns cigarros. Esperta que era, Meili espirrava no ambiente uma alquimia para disfarçar o ar poluído. Me perguntei se fazia aquilo em outros momentos do trabalho; talvez esse fosse o motivo de sua presteza: o alívio de fumar. Mas não havendo qualquer reclamação dos clientes, poderia fazer o que quisesse.

O cigarro tornou-se novo idioma entre nós. Ela os trazia e ficávamos conversando ignorantes um das falas do outro; talvez me contasse da sua vida ingrata na China ou alguma filosofia oriental que nunca entenderia mesmo que soubesse seu idioma. Da minha parte, dividia com ela a surpresa e o sofrimento de ter os pais mortos aos dez anos. Contei que eles tinham ido visitar meus tios em São Paulo durante um Carnaval e, embora a viagem de ida pela Serra das Araras tivesse sido tranquila, desapareceram na volta. Os bombeiros acharam os restos do carro uma semana depois. Os meus pais morreram na queda e os animais no entorno fizeram a festa com os corpos deles. Lembro dos caixões descendo fechados ao solo. "O cheiro de carniça dos urubus guiou os bombeiros até os destroços. Tiveram que espantar toda a sorte de animais para retirar os dois corpos." Nunca esqueci essa frase do meu tio.

Depois mudei a história, as proibições na casa dos meus tios, o futebol, a adolescência do primeiro álcool, cigarro e sexo. Falava com tanta espontaneidade que lembrei que apenas a maconha me deixava tão eloquente assim. Deixei de fumar erva sozinho porque não estava fazendo bem para a minha cabeça. Foi pouco depois de conhecer a Laura.

Outro silêncio e logo Meili se despede, entendedora de que o sofrimento é língua comum aos povos e que meu semblante pesado exigia momentânea solidão. Ela era a segunda pessoa que ouvia o meu desamparo.

Mas os funcionários falam, todos invejosos cronometrando o tempo que a Meili se demorava na minha sala. Notaram o sorriso dela, contentamento que não precisa de língua, e também o meu.

Quando ouvia algo sobre mim, apenas repetia entre sorrisos que não havia qualquer privilégio naquilo. Meili continuava camareira e eu gerente em observação, a diferença é que uma nova atmosfera radiante passou a fazer parte do meu dia a dia.

23.

Na noite de hoje, Tereza me vestiu. Ficamos as duas nuas em frente ao espelho. Ela trouxe as roupas e colocamos peça por peça com a solenidade de um casamento. Havia um ritual em cada vestimenta que relacionava os últimos meses, a *vernissage* da minha coleção e a proximidade dos meus trinta e cinco anos.

A noite pede algo especial, ela repetia, apenas maquiada e de cabelos presos, ajustando o caimento da blusa de cetim ao meu corpo. As mãos dela tocavam a mim e às roupas de maneira dócil, como se fôssemos cristais dos mais raros. Observei Tereza se vestir com uma calça lisa azul escura, blusa de seda branca e *blazer* negro de dois botões por cima. Em seguida, joias no pulso, pescoço e orelhas. Para mim, recebi uma saia cropada longa e branca, uma blusa estampada com flores quentes e uma jaqueta de couro marrom com zíper e certa dose de beleza melancólica. Sentia-me duradoura. Me pergunto o que Henrique e Rafael diriam se me encontrassem assim.

Fomos as primeiras a chegar à *vernissage*. Tereza manteve os braços entrelaçados nos meus durante o trajeto de carro e, mesmo sem falar nada, absorvia a minha ansiedade. Vez ou outra comentava sobre quem compareceria ao evento, amigos dela, um ou outro repórter que restou de artes plásticas, dois mecenas da pintura, dois outros curadores e vários possíveis clientes.

A *vernissage* fora montada no Centro Cultural em noite de lua cheia. Hipólito, de *smoking* azul escuro, optou por recepcionar os convidados, mesmo Tereza informando que havia pessoas pagas para isso. Permiti o carinho apenas porque me garantiu que logo sairia para rondar entre os meus quadros.

Confesso que tremi na entrada. Pisar mais uma vez naqueles azulejos tetraédricos adquiria outro peso agora. Antes, meu corpo acostumara-se com a compra de ingressos, o vagar curiosa entre os quadros e o oceano de possibilidades de uma tela em branco, absorver por vezes o sucesso, o contentamento da cor perfeita, a sensibilidade do relevo bem feito, aquela vontade inumana de pular na tela e habitar aqueles centímetros-mundo de universo. Outras vezes a interferência, a incapacidade minha de entender o enquadramento ou o movimento expresso na tela. Mas não tem jeito, Arte é um ofício irregular porque áspera é a vida. Lembrei essa frase a apertei a minha barriga. Imaginei Henrique e Rafael conduzindo meus braços até os quadros, quem sabe quantas perguntas fariam? — agora, contudo, meus pés pisam de modo diferente. Também o corpo entende a solenidade de me apresentar não mais como observadora, mas como pintora. Aliás, que magia estranha é a pintura; fora do quadro, meu nome não tem qualquer eco, mas lá dentro meus pincéis funcionam como o próprio Gênesis.

24.

Descansei perto da recepção depois de percorrer as oito salas nos dois andares onde foram expostos meus trabalhos e cumprir todo o ritual de apertos de mão e beijinhos de felicitações por minhas obras. Tereza permanecia ao meu lado decidida a me passar alguma lição de personalidade sem dizer nada, ela me apresentava a todos. Os convidados passeavam pelas salas com naturalidade. Observei muitos apontarem aos quadros e pensei que decerto criavam teorias sobre as imagens, como é natural da recepção alheia. Talvez a pintura acerte muitas vezes, refleti; talvez a minha coveira signifique a alguém além de mim. Ou o trabalho que fiz com a *tuaregue* no deserto, sozinha, olhares famintos, seda azulada próxima aos olhos e ao infinito cor de açafrão da escassa sobrevivência. Quem mais habita aquele quadro além de mim? De súbito o pensamento que sou uma espécie de pescadora, pretendendo, com meus doze trabalhos, pescar as histórias e sensações dos meus observadores. Sorri com a ideia e lembrei coisas sobre a racionalidade da percepção, algo ensinado por Tereza, mas nem consegui dar prosseguimento à lógica porque alguém se aproximou de nós.

— Precisamos conversar — pede um homem com cheiro de cigarro, cabelo e barba por fazer. Apesar da aparência grossa, me toca com leveza. Somente quando o observo mais atentamente percebo os traços morenos e secos de Damião. Tereza está ao meu lado, ela prometeu uma conversa com um mecenas da pintura.

— Damião? — defendo-me da surpresa recuando os braços. Encontrá-lo ali de surpresa instantaneamente me resgata a memória do nosso primeiro encontro; fomos apresentados por amigos em comum e havia um fascínio naquele jeito fechado dele que me encantava. Fiquei tão próximo que me apaixonei. Algum tempo depois, casamos.

— Passamos meses ótimos sem você, precisava vir hoje? — Tereza o intimida com sorriso de escárnio. Damião olha aos lados, contrariado, mas nada responde.

— Tereza, por favor, agora não — respondo e a minha professora sorri mostrando os dentes brancos. Confesso que a vinda dele me traz curiosidade. Será que algo me atraía?

— Vou aceitar esse pedido apenas porque a noite é sua, Laura. Mas venham comigo para uma sala longe das orelhas dos visitantes. Caminhamos em silêncio dentro do Centro Cultural borbulhante até a sala de Tereza. No centro do cômodo nos aguardavam três confortáveis poltronas azuis escuras, uma mesa de vidro suportando livros, cadernos, folhas riscadas, *laptop* e telefone, e, atrás, a cadeira negra ergonômica com enchimento de espuma que funcionava como trono de Tereza. No canto esquerdo oposto à nossa entrada, um frigobar. A minha mentora recolheu alguns cadernos bem coloridos sobre a bancada, guardou-os em uma pequena gaveta e tratou de desligar o *laptop* onde mantinha seus trabalhos.

— O telefone liga com a recepção no asterisco zero nove. Vocês têm vinte minutos, mais que isso eu arrombo aquela porta. E Damião, você não tem *timing*, esta é a pior hora para uma discussão.

— Da última vez em que nos encontramos você não falou tanto assim, só lembro do vermelho no seu rosto — as palavras afiadas ditas por ele não desfizeram a expressão áspera de Tereza.

— Vinte minutos — ela repetiu antes de sair.

Do lado de fora, além das pinturas, os convidados encontram textos da curadora Tereza de Magalhães Mascarenhas e esboços em carvão mostrando o passo a passo da minha composição pictórica. A trilha sonora fica por conta dos acordes melódicos de Iggy e Madonna.

— Quero o divórcio — fico surpresa com o pedido e a falta de cerimônia dele, mas a maquiagem da noite me ajuda a prender qualquer expressão.

— O Damião que eu conheci não seria tão direto. Nem se vestiria tão desgrenhado assim — ele ficou em pé próximo à porta e eu me sentei em uma das poltronas azuis. Um abismo se forma entre nós.

— Sou o novo gerente do hotel e agora posso burlar algumas regras. Mas não é por causa dessas notícias que estou aqui. Sugiro uma separação amigável.

Damião tirou as mãos dos bolsos e não me encarava os olhos. O cheiro do cigarro se tornou mais intenso naquele ambiente fechado e cocei o nariz, irritada. Seus olhos afundavam nas órbitas, negros e cansados.

— Separação amigável? — não entendia aquelas palavras. Soavam armadilha.

— Foi o que eu disse. Levo as nossas assinaturas no cartório e nos divorciamos de forma legítima. Colocamos no jurídico a decisão que você tomou naquele dia.

— Quando você bateu em Tereza e foi embora sem dizer nada? Ela podia ter te denunciado — cruzei os braços e senti o couro da jaqueta roçar a minha pele.

Damião trancou os lábios e virou a cara. Em seguida, colocou as mãos nos bolsos do casaco e ficou movimentando como um passarinho abrindo e fechando as asas.

— Pretende jogar isso na minha cara agora que proponho uma separação tranquila?

— Pretendo apenas lembrar o passado. Mas você odeia o passado, não é? Faz tudo para enterrar as coisas.

— Você está insinuando algo?

— Me diz você, Damião. Ou quem será esse homem cinza com barba feia e fedendo a cigarro que vem falar comigo?

Ele ficou em silêncio, olhava pelos lados como pedindo por um amigo naquele cômodo, mas era sozinho, sempre fora murcho de amizades em qualquer lugar.

— Olha, nós não precisamos desenterrar o passado mais uma vez. Não é sobre isso que eu vim falar com você. Quero falar sobre futuro. O divórcio é o melhor para nós.

— Futuro? Melhor para nós? Você fala como se estivesse em uma novela agora. Você tem outra? Ninguém pede o fim do casamento assim se não for por outra mulher. Ainda mais você, Damião, com esse silêncio constrangedor. Quem foi a piranha que pulou em você quando começou a andar como gerente?

Logo percebi que destoava do lugar. Tudo tão artisticamente quieto e nós dois trocando palavras nocivas como visitantes grosseiros. Damião tirou as mãos de dentro do casaco com a minha pergunta e enxerguei seus braços duros, rosto estupidamente desconcertado e uma atmosfera de fogueira emanando dele até mim.

— Não fale assim. Não quero ser ignorante. Sei do nosso passado, mas depois de ter sido expulso da minha própria casa, não havia volta. Nós morremos enquanto casal naquele dia. Os papéis apenas irão oficializar o que acontece na prática.

Aquelas palavras ainda soavam armadilha.

— Este não é o lugar nem a hora, Damião. Você deveria estar invisível em outro canto. Esta é a minha noite, caramba, por que não some de novo? Droga! — fui até o frigobar, peguei água e despejei em um copo frio.

— Laura, preciso dos papéis assinados — ele vinha em minha direção. Certo ponto parou com os olhos pedintes.

— Por que essa pressa? Vai casar amanhã? Esse é o motivo? — não conseguia segurar a roupa que Tereza me vestiu no corpo. Eu me sentia contaminada com o momento e não queria transmitir às vestimentas doces os meus problemas tóxicos. O peito agitava-se como correnteza poluída agora.

— Laura, por favor — Damião estava à minha frente, mas não me enxergava além do óbvio. — Se você insiste. Sim, tenho uma nova mulher.

Comprimi as pálpebras como se não entendesse a mensagem. Procurei uma poltrona e sentei vacilante. Bebi a água fria.

— Você é um canalha — disse devagar como uma pessoa aprendendo uma nova palavra. — Sou muito ingênua mesmo. Eu deveria estar te batendo agora e tenho certeza de que se viessem aqui escutar o motivo da agressão, dois ou três caras ajudariam a defender a minha honra. Seu estúpido.

— Acabou, Laura. Era isso que você queria ouvir? Acabou. O nosso amor morreu. Talvez o melhor momento não seja esse, mas deixe as coisas fáceis, aceite o divórcio.

— Impossível — notei as lágrimas no rosto. — Impossível — repetia observando as minhas mãos contritas. Damião sentou-se em uma poltrona e olhava para baixo.

Nós éramos pessoas ordinárias, mas por motivos diferentes. Enquanto ele foi invisível em casa e em toda a montanha russa do meu corpo, eu me mostrei tolerante demais com todos os silêncios dele. Não conseguia pensar em mais nada e meu peito pulsava forte porque todo o nosso passado era um grão morto agora.

(Outro gole d'água no frio silêncio)

Quem sabe antes? — pensei. Eu devia ter lutado mais quando o Henrique morreu ou ameaçado o Damião quando Rafael também não conseguiu vir ao mundo. Mas o que resta agora? O que me sobra no fim daquilo que o padre nos abençoou?

— Você lembra das promessas que fez com a mão na minha barriga durante o nosso casamento?

— Lembro — ele respondeu de cabeça baixa.

— Se arrepende? Veio propor o divórcio porque se arrepende?

— Laura, eu realmente fui apaixonado por você — ele então se calou. Devia escolher as palavras, mas só prolongava o estúpido silêncio.

Percebi que eu esperava alguma espécie de justificativa final para a dor no meu peito, mas não havia nada em Damião. Todas aquelas boas memórias dos nossos primeiros anos não significavam mais nada.

— Vá embora — finalmente decidi. — Vá embora.

— O quê? E a separação?

— Vá embora ou não terei forças para caminhar — Damião me olhava incrédulo, seus olhos voltaram à piedade como quem mendiga o pão diário.

— Quando subi os degraus até aqui, só pensei no nosso bem. Tenho algo mais a falar. A separação não é apenas para mim. Eu vou ser pai.

Meu coração deu um pulo e ficou um instante suspenso do corpo. Em microssegundos, uma onda de vácuo tomou conta de mim e a memória atada aos meus ossos recuperou a lembrança de cair no nada. Eu morria novamente.

— Ao me negar a separação — ele continuou —, você está prejudicando essa criança. Pense nisso.

— Seu canalha! — joguei o copo de água em Damião e ele se defendeu com os braços no rosto. O vidro se estilhaçou pelo cômodo e ficou invisível no meio do líquido, que tomava o lugar.

— Agora você perdeu a cabeça, Laura. Vou embora até que possa recuperar a razão.

Damião falava tão calmo que certamente não vivia, era morto, um zumbi sem consciência de suas palavras. Eu o odiava.

— Os meus filhos ficam comigo. Você nunca mais verá Henrique ou Rafael. Você nunca mais vai tocar no nome ou na memória deles. O morto e enterrado é você!

— Eles não nasceram, Laura! É tão difícil entender a natureza? Eles não nasceram! Nunca nasceram. Pare de justificar as coisas como se eles fossem vivos, porque não são — Damião falou grosso em pé agora, tomando cuidado com o vidro no cômodo.

— Vá embora, seu desgraçado! — repetia, cega.

— Mas vou voltar. Essa separação não é para mim, mas para a criança que merece ter o meu nome.

Caminhei até a mesa e atirei as coisas nele. Livros, folhas, tão cega estava, peguei o *laptop* de Tereza e o arremessei como tijolo naquele canalha. Ele correu para a porta com os olhos sangrentos e a respiração intensa. Por fim, me olhou com vontade de dizer algo, mas como ouvimos passos de alguém, Damião foi embora como um ladrão descoberto após o crime.

Meu corpo tremia com o eco dos transtornos epiléticos do passado; caí ao lado da mesa de vidro e comecei a me encolher em lágrimas de feto.

Hipólito veio até mim e tive certeza de que o escritor vira Damião.

— Meu Deus, aquele homem voltou? — sem responder, peguei no braço dele e o puxei até mim. Ele observava o copo quebrado, a bagunça de livros páginas *laptop* espalhados e a poça d'água sobre o piso.

Senti uma urgência no peito, comecei a suar e minhas mãos deslizavam pelas do escritor. Rapidamente desfiz todo o zíper do casaco como se o ar do ambiente fosse insuficiente naquele instante.

— Vou chamar alguém para limpar essa bagunça. É urgente.

— Cale-se e não faça nada — Hipólito, longe dos papéis, parecia desconhecer o mundo. Podia ser experiente nos livros, mas onde não havia letras, era aventureiro ainda.

Trouxe-o para perto e agarrei suas bochechas com as mãos até um beijo. Surpreso e sem ar, o escritor começou a tossir entre os meus lábios. Distanciei-me só para ele tomar fôlego e em seguida o beijei novamente. Abrindo os olhos, consegui ver o meu reflexo no espelho imaginário de um quarto de hospital, um riozinho frio e ligeiramente avermelhado pelo passado descia embaixo de minha saia.

— Tira a roupa — ordenei e comecei a desabotoar o terno do escritor.

— Claro que não. Você não está legal — Hipólito resistia, mas eu o tirava o cinto, a calça e a vergonha.

— Será sua primeira vez? Ou você é homossexual como dizem? — ele desfez a preocupação e cedeu um sorriso meio desajeitado. Em segundos, passou a pressionar docilmente os meus ombros para que eu fosse devagar na vontade.

— Você não vai gostar disso.

Não dei bola para a advertência e cheguei à cueca. Apertei gentilmente e não senti nada.

— Pegou alguma coisa? É claro que não, sou assexuado. Não tenho qualquer libido.

Após dizer isso, sossegou as minhas mãos, um riozinho de minúsculos cacos de vidros se esgueirava em nossa direção.

— Não tem nada aqui embaixo. Não sinto desejo por qualquer pessoa, homem ou mulher, nunca senti. Me desculpe se possuía alguma expectativa na relação sexual.

Tão pequena, nem sequer a libido conseguia dos homens. Era correto chorar novamente, mas não desatei qualquer lágrima porque me sentia vazia e a falta de tesão de Hipólito só denunciava o meu sabor morto. Senti a memória de Damião observar meus passos vacilantes como um espectro invisível. Eu era um vaso oco de pessoa e a desgraça da mulher do Damião já estava grávida, era demais.

— Não tenho mais forças, Hipólito. Desculpe pela invasão. Mas não tenho forças para continuar. É impossível.

— Do que está falando? Por que não começa a me explicar o que aconteceu entre você e Damião? — ainda de cuecas, ele buscava segurar os meus braços.

— Damião está morto. Carrego dois filhos mortos, minha família me superestima talvez por compaixão e, desde a *overdose*, não tenho vontade de ir à psicóloga retomar o tratamento — en-

119

fim, consegui chorar. Aquela vontade no peito de quando puxei o Hipólito não era fuga ou sexo.

— Se eu fosse um escritor de autoajuda, certamente teria algum ensinamento para você agora, mas como não sou essa pessoa, vou ser sincero. Há um limite. Como mãe, as memórias dos seus filhos vão sempre te acompanhar, mas você também merece estar aqui hoje desfrutando da celebração da sua arte. É questão de viver o tempo presente. Pode parecer um jargão, coisa que nós escritores odiamos, mas se seus filhos estivessem aqui hoje, eles certamente não iam querer te encontrar assim — Hipólito não tocou no nome do Damião e isso me impressionou.

— Tem uma faca aguda na minha barriga. Penso que estancar a ferida é esquecer os meus filhos.

As bordas da saia estavam encharcadas. Tereza me culparia pelo desleixo.

— De nenhuma maneira estou pedindo para esquecer os seus filhos. Eles são partes suas, mas eu te observo desde que comecei a residência literária e sei o quanto essas memórias pesam no seu dia a dia. E isso é desonesto. Você se esforçou para estar aqui, sobreviveu à Tereza, pintou os doze quadros, suportou a ausência do Damião, manteve-se dona de si durante todo esse tempo. Agora que estamos celebrando as suas conquistas, vai recuar?

Os braços de Hipólito, agora ligados aos meus, esquentavam; daquela curta distância, senti seu peito palpitante e tenso.

— Sou uma meia mulher, Hipólito. Existo sem os meus filhos, sem meu casamento. Sabe o que Damião me disse? — o escritor me observava de olhos piedosos como se pedisse para eu não chamar aquele nome. — Damião me contou que está com outra e ela está grávida. Você acredita nisso? Estou há seis anos querendo um filho. Seis anos, e nada. Nenhuma semente sobreviveu até agora. Minha descendência está em caixas de madeiras grossas e pequenas embaixo da terra. É por isso que não tenho forças para continuar hoje.

Sou essa meia mulher enquanto Damião consegue uma criança com outra — com certeza ela deve ser mais completa do que eu.

— E você queria transar comigo assim? Não entendi a resposta dele e parei de chorar com aquelas palavras estranhas.

— Posso não ter qualquer desejo sexual, mas sei que qualquer relação pressupõe que estamos entregando o melhor de nós. Seja amor ou puramente libidinagem, uma intimidade com tantas feridas assim só nos prejudicaria — o Hipólito ajeitava os óculos puxando as calças junto de si. — Temos que ser transparentes um com o outro. Ademais, tesão não é a única forma de demonstrar sentimentos por alguém.

O escritor tomou as minhas bochechas e me beijou. Sentia-o suar. Os óculos dele desajeitaram-se após o beijo curto.

— Não acredito que você me deu um sermão para depois me beijar — disse enquanto o escritor recompunha a calça e o paletó.

Sem qualquer pudor, enxuguei as lágrimas na saia; então notei a peça deformada. As linhas retas ficaram machucadas como um origami dobrado por um gorila. Não fiquei chateada porque aquele era o meu estado.

Eu, torcida às avessas.

O carinho de Hipólito não interrompia aquilo-que-corria-em-mim; um frio soturno, uma seca em forma de sentimento se alimentando do meu sangue e corroendo quaisquer esperanças que a comemoração dos meus trinta e cinco anos frutificaria. *Inferno*, pensei.

Em dez dias, completo trinta e cinco anos e embora a data possa significar festa e confraternização com amigos e familiares, a proximidade me adoece. Não posso comemorar o meu falido casamento, não posso dedicar a data à minha pequena carreira de pintora e, principalmente, não posso abraçar os meus filhos ou dedicar o primeiro pedaço do bolo a eles. O contraste me mata. Como celebrar se as pessoas que eu realmente queria que estivessem ao redor de mim, Henrique e Rafael, Rafael e Henrique, pequeninos e bochechudos, dando os primeiros passos, vestidinhos com todo o meu carinho, não estão aqui?

A saia e eu continuávamos torcidas e jogadas ao chão. Hipólito se arrumou por completo e pareceu recuperado até do beijo. Estendeu-me a mão. Passei o braço na testa e arrumei os meus cabelos devagar. Sorri com o gosto da lágrima ainda na face. De súbito, Tereza entra na sala e bate palmas diante do caos.

— Ok, a noite é sua e há pessoas pagas para limpar essa bagunça. Fico chateada pelo *laptop* no chão porque é um pequeno desrespeito pelo meu trabalho, mas todos os meus arquivos ficam armazenados *online*, então o equipamento não passa de uma prótese de memória. Contudo, o *show* não pode parar. Cinco minutos para você refazer a maquiagem, desamassar a roupa e colocar um sorriso no rosto porque a imprensa a aguarda — Tereza sorria incompleta, esforçando-se por capitanear o barco no meio da tormenta. Com certeza não perguntou por Damião para não estender o meu sofrimento. Ou será que ela lidou com ele?

— Laura — ela continuou —, está me ouvindo? Vamos, artista. A crítica e a arte estão sumindo nesse país, precisamos usar esse espaço na imprensa para dar luz aos sobreviventes. É a sua hora.

Hipólito e Tereza me estendem a mão, caridosos.

— Quero ir embora — eles recuaram com minhas palavras e eu me levantei sozinha. A saia e eu, embaraçadas de ponta a cabeça.

— Damião, aquele desgraçado! — gritou Tereza. — Eu sabia, por que não o enxotei quando tive a chance?

— Não é ele, Tereza. Sou eu. O luto do meu corpo. Não consigo. Você foi uma mestra para mim todo esse tempo, voltar a pintar foi um bálsamo, mas o luto ainda pesa. Damião tem uma grande parcela nisso tudo, contudo, a dor enquanto mãe de estrelas, só eu sinto o peso.

— Então divida conosco esse fardo, Laura — pediu Hipólito, mãos abertas aguardando o meu corpo.

— É impossível. Por favor, gostaria que respeitassem minha decisão. Pretendo ir embora pelos fundos.

— Laura, você não pode ficar fugindo sempre. Lá fora tem dezenas de pessoas querendo conhecer a sua história. Você é importante para eles. Ouvi todo o tipo de elogios para a sua arte e ainda tem um mecenas querendo financiar o próximo trabalho seu. Eles só querem conhecer você. Por favor, faça isso pelo que brota das suas mãos — Tereza se aproximou e agarrou as minhas mãos olhando profundamente nos meus olhos.

— Não brota nada das minhas mãos e muito menos do meu corpo. Se não quiser me procurar após essa noite, compreenderei. E me desculpe, Tereza, mas há uma grande diferença entre nós duas: você não é mãe.

Desatei as minhas mãos de Tereza e fui andando cabisbaixa pelo cômodo até a porta. Pensei em dormir.

— Hipólito, por favor, ela parece uma sexagenária doente agora. Ajude-a, homem. Leve-a em casa e não se esqueça de dar um leite quente para que os ossos dela não quebrem amanhã cedo.

Continuei andando como se não ouvisse a humilhação. Hipólito me sequestrou a mão direita com sorriso azedo e fomos quietos até a saída.

Ao telefone, no carro, justifiquei aos meus pais e minha irmã um mal-estar intenso e inesperado que me fez não continuar naquela noite. Minha mãe ficou embaraçada porque me queria estrela, mas respondi que estava fraca e sem cabeça para brilhar. Olívia me desejou melhoras e contou que tão logo encontrasse folga no trabalho, me visitaria novamente. Concordei, apenas.

Que aproveitassem a *vernissage* como familiares da pintora. Quem sabe a minha mãe não apareceria no jornal amanhã?

25.

Despedi-me da Laura sem a promessa da separação e fui procurar a entrada do Centro Cultural mirando o horizonte da rua. *Que desgraça*, pensei. De súbito me afastei da escada de granito e acendi um cigarro; ao meu lado, as pessoas, os animais, todo o tipo de ser disforme ou que se arrasta para sobreviver, com roupas pesadas e joias aparentes, movimentavam-se para conferir a arte daquela mulher difícil.

O ideal, por enquanto, é não pensar mais nela.

Apenas eu, o cigarro, aquela procissão de homens-e-mulheres--animalizados e, daqui a pouco, Meili.

Não sei se me acostumei com todas aquelas imagens zoológicas passeando pela minha visão, mas há algumas semanas resolvi não pensar que me tinham por presa. Quando os ignorava por muito tempo sentia uma persistente dor na espinha como um aviso de perigo súbito, mas resolvi dispensar até o alarme do corpo.

Nessas horas penso que há um vírus novo e indecifrável em mim. Ou quem sabe algo tão profundo e íntimo que eu me afogaria se tentasse nadar em todo esse subterrâneo. Tento ficar quieto na expectativa de que minha imobilidade me salve do mundo que me rodeia e oprime.

A memória de Laura se acende e apaga com a intensidade do cigarro que eu ponho na boca; uma lembrança oscilante, entre extensa, nanica, curta, comprida, sempre com o rastro da fumaça atrás de si. Olhando o fogo hipnótico pensei que não vira qualquer dos últimos quadros dela.

Pretendi não pensar sobre a separação, mas fico curioso com o que tem lá dentro. Tanta pompa e brilho por tinta espalhada em tela, não pode ser. Apaguei o cigarro e resolvi dar uma passada rápida naquele circo antes da Meili, minha atual mulher, me encontrar.

Subi as escadas ao Centro Cultural com as mãos nos bolsos e não sorri a qualquer animal. Ganhei a entrada. Andei firme até a primeira sala e encontrei dois quadros expostos. *A madrasta* e *A tuaregue/O deserto*. A pintura da mulher segundando um bebê macio eu já conhecia, era um mistério como um daqueles quadros de santas nas igrejas. Mas a outra, a jovem mulher só olhos grandes no horizonte amarelo, era novo. Aproximei-me perto do casal que também olhava a pintura e não soube o que pensar. Era diferente como um animal que encontramos na mata, talvez exigisse raiva, talvez exigisse conforto. Ao lado, mostras em carvão do trabalho de Laura e frases longas do Mascarenhas sobre os desenhos. Não li, passei à próxima sala com rapidez e pensamentos de que aqueles olhos perdidos no deserto me lembravam os primeiros dias da Meili no hotel.

Novos dois quadros aguardavam. Havia cinco pessoas comigo observando *O astronauta* e *A coveira*. Um garçom ofereceu salada em potinhos. Neguei. Voltei a atenção para a primeira tela. Havia algo familiar; parecia o sobrinho da Laura, Francisco, o menino inquieto tão branco como queijo de Minas. Talvez fosse mesmo Francisco. Um rapazinho pintado dentro de um grande globo no meio das estrelas com um sorriso pequeno que não sei o que queria dizer. Medo? Emoção? Tudo bem diferente de *A coveira*, uma mulher murcha, veias pelo rosto cor de amêndoa, em um horizonte de terra queimada. Atrás da velha uma árvore sem folhas com uma cova pela metade. Não tinha certeza se *A coveira* ia terminar o seu trabalho de enterrar os mortos. Na explicação de Tereza, li alguma coisa sobre antítese de telas, mas me cansei só de pensar no que essas palavras significavam.

A terceira sala era bem próxima e encontrei novos quadros em dupla. Contei oito pessoas conversando sobre *O silêncio* e *O gângster*. Ouvi que *O silêncio* era algum deus egípcio com cabeça de coruja, mas ele estava nu. Será que Laura pintou um homem nu mesmo?

Coloquei as mãos nos bolsos e fechei com força os punhos. Ela não deve ter feito isso, pensei. Mas o homem que aceita ser visto por todo mundo com um pintinho desses, com certeza não é homem. Saí de perto.

O gângster era uma tela com um homem sentado com olhos que pareciam facas; na mesa à frente, dezenas de armas de diferentes formas e munições. A pose violenta tinha mais força por conta do bigode grosso e rígido que enxerguei. Mas o inusitado era aquele ponto vermelho na imagem, um nariz de palhaço. O que Laura quis dizer com isso? O que *O gângster* escondia? Será que era aquilo o motivo da conversa na sala?

A matilha e *O cão* me aguardavam a seguir. Um casal apontava impressionados para *A matilha*. Um quadro grande, sem dúvida. Devia medir um metro e sessenta de altura e dois metros de largura. Cães de várias raças, cores e pelos, enfileirados com focinhos diferentes um ao lado do outro. Laura deve ter tido trabalho porque pintou alguns com língua de fora, outros de olhos esbugalhados, outros lambendo o focinho, e pintou focinhos pequenos, grossos, meio reluzentes, escuros, bem branquinhos, com muitos pelos brancos, negros, amarronzados, rosados e amarelados na tela. No mesmo quadro ainda havia uma sombra de uma pessoa desconhecida ao fundo.

Dei um passo para o lado e enxerguei apenas um cão em *O cão*. Grande, olhos violentos, bochechas secas e rígidas. Um desses cães que mesmo quando sorriem são feios ou brutos. Era como o Waldomiro. A princípio sorri pequeno, depois fiquei sério. Só podia ser o Waldomiro aquele cachorro selvagem com os caninos à solta. Só faltou a Tamara ao lado. Será que a Laura conheceu o Waldomiro? — pensei. Em segundos o outro casal da sala foi aos próximos quadros e fiquei sozinho com o Waldomiro na tela.

Um estupor consumia minhas pernas; sentia-me preso àquela imagem indecente. Observei a falta de sedução naquele quadro e a feiura cinza e negra como cosméticos do cachorro. Laura não tinha pudores, como ela colocou isso na tela? Dei dois passos para enxergar o quadro mais de perto. Talvez não fosse o Waldomiro; curvas silenciosas no rosto, o castanho-negro do focinho, os olhos duros, a boca semiaberta com dentes à mostra e aquela sensação de perigo. Era o Waldomiro, mas talvez não fosse porque não tinha como a Laura conhecer aquele cão. Cheguei mais perto e podia tocar o quadro. Ninguém mais ao redor. Senti o cheiro pesado da tinta; tão próximo, notei a cintilante cobertura das cores, notei as pequenas planícies formadas do trajeto minucioso dos pincéis. Não era o Waldomiro, mas tudo me dizia o contrário.

Repentinamente, como ainda desordenado por aquela imagem, lambi o quadro. Rocei minha áspera língua naquelas cores para ter certeza que não era o ex-porteiro do meu hotel, mas uma imitação sem vida.

Ouvi passos e resolvi ir embora daquele circo.

Afastei-me da tela e senti uma leve umidade tóxica em minha boca. O sabor não era de gente e finalmente atestei que não era o Waldomiro e que a Laura não podia ter conhecido ele. Saí dali a passos largos. Ultrapassei ondas de visitantes chegando aos quadros onde estive e aproveitei uma brecha de invisibilidade para cuspir porque o gosto da tinta me ardia a língua. Ao menos não tinha gosto de gente.

Andei cego até a escadaria de saída e logo avistei a Meili, que punha o celular no ouvido para me telefonar, decerto. Beijei-a rapidamente. *Querid*, ela disse. Entrelacei o braço no dela e apontei para a rua. Andamos alguns metros e dois taxistas como cavalos — de óculos, focinhos carnudos e coloridos de bege com uma listra branca da testa ao nariz — começaram a oferecer táxi, táxi, táxi, enquanto cruzávamos o caminho deles. Apenas neguei com a cabeça e Meili apertou o passo comigo. *Algum coisa?*, *Aconteceu coisa?*, e eu negava sem dizer nada, apenas andando para o bendito do filme que ela queria assistir dez horas da noite central frio com lua alta e pessoas meio animais meio estúpidas me oferecendo qualquer cão. Instantaneamente, hesitei. Passei as mãos nas têmporas e nos olhos, pesados. (Ouvi badaladas, do outro lado da rua, celebrava-se um casamento.) Senti os braços de Meili me percorrerem o pescoço e a face. *Aconteceu coisa?*, *diz, diz,* deixei de lado o embrulho do estômago e sorri para ela. Mesmo que eu conseguisse falar chinês, era impossível resumir todo aquele mal-estar que fizera onda da minha cabeça aos pés.

Peguei as mãozinhas dela, aqueles olhos castanhos uma janelinha se agigantando para cima de mim, e repeti que não era nada, talvez fosse apenas cansaço. Expliquei que desejava chegar logo ao cinema porque meu corpo queria conforto. Ela inclinou o pescoço e em seguida sorriu como se entendesse o que eu dissera.

Nos abraçamos sentindo um o calor do outro e voltamos às passadas retas.

Por vezes, Meili apontava os prédios ainda entendendo a cidade e eu sorria na noite, sem ela notar. Contra nós, correntes de pessoas solitárias nasciam das esquinas desconhecidas, encarnadas e vestidas, alguns com asas finas e tão artísticas quanto vitrais góticas, outros com bicos negros e afiados, olhares duros diagonalmente para baixo, aqueles com rabos peludos e compridos ou lisos e escamosos andando andando andando andando falando baixo, no celular, com os amigos, andando reclamando conversando sobre o preço do sanduíche sobre o preço do futebol de ontem, andando cascos grossos no chão de pedra afiada da noite, andando como se sobrevivessem das migalhas invisíveis que a noite presenteia a quem vence o dia.

Cão.

Agarro a Meili perto de mim.

— Quem diria — sorri o Waldomiro, vejo seus dentes e as bochechas caídas mesmo àquela hora.

— Waldomiro — respondi devagar. — Tamara, aproveitando a folga?

A atendente do hotel era pura cadela. Lembrei de um tempo atrás quando eu a via se acachorrando pelo Waldomiro. Aí teve aquela cena desprezível na suíte do alemão, quando a Tamara já estava na dele, e agora isso, dois cães iguais, ela apenas mais esguia e com as orelhas caídas, na luz da noite.

— A conversa é comigo, Damião. Quer dizer, gerente Morais. Ainda não deu para arrumar aquela vaga na porta do hotel?

— Infelizmente, não. Falei com a chefia de novo, mas eles me disseram que devo esperar um pouco mais até indicar alguém. Não podemos contratar agora.

Waldomiro soltou a mão da Tamara e veio andando até mim com os braços meio flexionados e os punhos fechados, como se fôssemos começar um combate.

— Poxa, Damião. Fico chateado. Chateado é a palavra. Faz um tempão que eu fui demitido na moral, sem espernear com ninguém, e só peço uma nova oportunidade porque você sabe que as coisas estão feias aqui fora. Tu não tem noção do que as pessoas fazem para sobreviver. Claro que não tem noção, tá até de mulher nova, bem mais nova, é verdade, como se tivesse comprado ontem. E gringa ainda.

Tamara cruzou os braços finos como se ofendida por apenas observar — suas pernas castanho claras ficavam mais negras naquele horário.

— Não posso conversar agora, estamos atrasados — respondi segurando forte a Meili.

O focinho curto e negro do Waldomiro tinha marcas de umidade que o fazia brilhar àquela hora; não sei se era coisa minha, mas tive impressão que seu corpo estava mais forte e rígido. O que ele estava tomando?

— É rapidinho, porque eu sei que gerente é apressado, não é? Só quero te dizer que outro dia mesmo, o Julião, meu conhecido, tava roubando comida. Parecia um animal aquela praga. Vi ele todo lambuzado de resto de arroz e macarrão no meio da lixeira antes que o caminhão recolhesse. Sabe o que eu fiz? Virei a cara e saí de perto. Comigo não. Se a coisa piorar, não vou roubar comida, tá me entendendo? Eu vou cobrar. Tem muita gente aí na rua que me deve. Questão de honra.

O cão afiava suas palavras para começar uma briga.

— Waldomiro, vamo embora, Waldomiro. Tá falando demais, a bebida te emputeceu? Temos que pôr o filhote pra dormir — Tamara foi segurar a mão dele, mas Waldomiro não deixou. Duas pessoas passaram por nós de olhos imensos.

— Mas tu é muito burra mesmo ou faz de propósito? Tá querendo falar pra ele que agora eu moro contigo, é? Só pra confirmar o que todo mundo do hotel já sabe, por que duvido que você feche a boca — os olhos dilatados do Waldomiro se voltaram para mim —, é isso mesmo, agora tô morando com ela porque a coisa tá piorando. Mas comigo não, eu vou começar a cobrar, tá entendendo?

— Entendi, Waldomiro. Boa cobrança para você — movimentei os braços da Meili para frente na indicação para andarmos, mas ela permaneceu imóvel, paralisada com aquela atmosfera violenta do cão do Waldomiro.

Quando o cão notou isso, sorriu, desvencilhou-se completamente de Tamara e chegou mais perto de mim. (Um pavão andando torto sobre o chão de pedras afiadas vinha até nossa direção e sentíamos o cheiro de intenso e pobre álcool.)

— Acho que tua mulher quer me ouvir mais um pouco. Ouvi falar que ela tá grávida. É verdade? — o corpo dele respirava mais grosso e notei as duas orelhas deformadas e altas. — Tu não tem noção de quantos filhos não veem o pai hoje em dia.

— Você não se atreva, está me escutando? Não se atreva, que eu, que eu.

— Que eu o quê? Você está me ameaçando, Damião? Paro para te cumprimentar e perguntar por um favor e você está me passando de ladrão, de coisa ruim, de bandido? Assim vou ter que me defender.

— Para com essa molecagem, Waldomiro. Coisa de criança. Quer saber, estou indo embora. Se chegar em casa e a chave não estiver lá, pode dormir na rua que meu colchão é quente sozinho. Fui.

— Molecagem? Mas tu é burra mesmo ou finge?

Tamara movimenta as pernas apressadas para uma rua transversal. Waldomiro percebe a fuga e vai atrás.

— Damião, tu me ameaçou e não vai ficar assim, não. Eu vou cobrar, tá me escutando? — a última frase veio gritada do meio de uma rua escura.

— Com licença, meu senhor, desculpe a palavra, mas não tem cinquenta centavos para ajudar na passagem? Pode ser dez também — ouvi um pavão de penas multicoloridas longas e caídas, perguntar. O pescoço dele era azul e apenas um olho estava aberto.

Meili solta os meus braços e, sutilmente, desmaia ao chão.

(O pavão abre os dois olhos de pecado quando percebe que esvaziei todo o meu dinheiro para ele. Me agradece e sai saltitante como se eu acabasse de operar um milagre.)

Acolhi Meili beijando-a o corpo.

Naquela noite não fomos ao cinema.

26.

(uma mensagem na caixa postal)

— Boa tarde, Laura. Me desculpe pelo que te disse ontem. Talvez eu estivesse um pouco alterada por conta do álcool e da noite, mas creia que fiquei decepcionada com a recusa porque é o seu trabalho, caramba. A sua vida está ali, não a minha. Mas você está correta, não sou uma mãe como você. A minha única filha ficou com o pai e não sei em que parte do mundo vivem; aquele meu primeiro casamento foi um fracasso completo. Mas vamos mudar de assunto. A notícia ruim é que o mecenas e outros dois interessados em adquirir um quadro seu não fecharam negócio. Explicaram que gostariam de conversar com você antes da compra. Marquei uma conversa com eles amanhã para contornar essa situação, por isso, enquanto não se sentir disposta, não precisa se preocupar porque administro a sua arte. Melhoras. Te ligo amanhã novamente. Espero que possa me atender.

27.

(uma mensagem na caixa postal)
— Bom dia, Laura. Primeiro, mil desculpas, prometi ligar na semana passada, mas aconteceu tanta coisa que me afoguei em responsabilidades. Os compradores foram irredutíveis. Não consegui fazer com que adquirissem os seus quadros sem você. E como insisti mais do que o usual, certamente não vão querer me ver tão cedo. Mês que vem mando um champanhe de desculpas e teremos que aguardar uma resposta. Seus quadros continuam em exposição e estou em negociações com o Museu de Arte de São Paulo para o próximo mês. E me desculpe, mas não poderei comparecer na sua festa de aniversário amanhã. Estou voando para Curitiba hoje à noite para conhecer novas dependências do Museu Oscar Niemeyer e depois vou ao Maranhão para uma exposição coletiva de arte feita a partir do lixo. Essas coisas de reinvenção da roda. Parabéns antecipadamente e beijos na sua mãe. Ouvi que o Hipólito terminou o romance, dê os parabéns a ele por mim. Qual é mesmo o nome do livro? *Bye.*

28.

Na véspera dos meus trinta e cinco anos, enxergo a casa solitária mais uma vez.
Primeiro, Tereza pelo país.
Ontem o Hipólito terminou o romance. Juntou as coisas. Pagou pela residência literária e foi negociar o livro com duas editoras diferentes. Prometeu voltar, mas talvez não aparecesse tão rápido. Tudo isso me escreveu em uma carta fixada na geladeira.
Iggy e Madonna receberam uma ligação para trabalhar em um bar em São Thomé das Letras, Minas Gerais, e foram embora hoje cedo. Antes de sair, me contaram que o dono de um bar chamou os dois por indicação de um amigo em comum para que tocassem nas boas vindas de um ilustre são-tomeense. A história é mirabolante e eu fiquei sem jeito. Parece que um habitante da cidade foi abduzido, mas conseguiu se comunicar com alguém, através de alguma-coisa-que-não-souberam-dizer, para informar o dia em que os alienígenas o deixariam novamente em São Thomé. Iggy e Madonna foram contratados para tocar durante essa reentrada e, segundo me explicavam, animadíssimos, a volta do morador traria consigo a permissão para a reabertura da Gruta do Carimbado, uma passagem subterrânea interrompida que desemboca em Machu Picchu. A expectativa deles é formar um bloco musical imenso levando a folia até o Peru e revitalizar a travessia para uma utilização amigável entre os países e alienígenas envolvidos. Desejei muita sorte a eles.
Agora ouço o eco vazio dos cômodos e me perpassa uma memória das coisas.

29.

Acordei no dia do meu aniversário sem qualquer alegria imediata; ainda sonâmbula, toquei o meu ombro para ter certeza das carnes do corpo. Desatei os lençóis de mim e desci seminua à cozinha. Nuvens abobalhadas no horizonte impediam o sol de me animar. Era como se a natureza dissesse que, apesar da data, ela não interromperia o seu percurso para me acalentar a solidão. Assenti de olho na janela, embaçada e triste.

Trimmm Trimmm O telefone toca e certo vigor de acaso me impulsiona ao aparelho. O que espero?

— Bom dia, o Todo Banco a parabeniza pelo seu aniversário. Esperamos...

Desliguei a gravação metálica antes que eu depredasse o Todo Banco.

Peguei um copo e despejei água fria até o topo. Bebi sem qualquer consciência enquanto pensava no que podia fazer naquele nublado dia. Ao devolver o copo à mesa de granito, o vidro frio escorregou pelas minhas mãos finas e em segundos os cacos espalharam-se perto da pia. Tomei um susto. Dei um pulo para trás recolhendo os braços como se ferida pelo estrago. Mas não era nada. Só descuido. Devaneio. *Puta que pariu*, xinguei, o que eu estava pensando? Um calafrio me percorreu o corpo e senti que deveria fechar a janela. Mas primeiro peguei as luvas de plástico e comecei a recolher os caquinhos de vidro que por sorte não se espalharam de forma invisível pelo piso.

Coloquei água na cafeteira e percebi que a janela não estava tão aberta a ponto de uma corrente de frio me afetar. Então o que era aquele mal-estar repentino? A mensagem do Todo Banco, o descuido dos cacos de vidro, e agora um vento triste projetando farpas sobre mim. Passei minha mão direita pelo braço esquerdo e me recostei à pia ainda atordoada com aquela manhã. Talvez eu estivesse dando importância demais ao acaso. Peguei um pouco de água e joguei no rosto. Enquanto me limpava, dei dois passos e resolvi ligar aquela joça da TV para tirar pensamentos de mim. Um helicóptero treme imagens. A legenda informa que bandidos desastrados tentaram roubar uma casa lotérica, mas demoraram tanto que os policiais chegaram. Acuados, os criminosos fizeram reféns e os jornalistas estavam lá para cobrir tudo. Mal entendi a notícia, mudei de canal. *Acordei mal e agora isso? Não dá*, pensei. Outra emissora, outro repórter ao vivo relatando a mesma notícia. Apertei forte para outra emissora — dessa vez o âncora estava com a mão no ponto chamando mais um jornalista que cobria o sequestro na lotérica. O câmera começou a destacar os curiosos que se aproximavam do acontecimento com celulares hasteados, secos por violência. Fiquei com raiva e comecei a pressionar os botões descontroladamente, mas todos os outros canais só exibiam o mesmo sequestro e de repente eu senti que o mundo era uma cúpula onde, naquele exato momento de realidade compartilhada, o assalto na casa lotérica era tudo o que as TV's se ocupavam em transmitir. Desliguei o aparelho, frustrada, e peguei um copo de café.

Andei até a janela cinzenta pelas nuvens estúpidas, apoiei os braços e observei os vidros por lavar, as pequenas e persistentes notas de sujeira que se espalharam pelas planícies das minhas vidraças. É impossível, desabafei. A casa precisa de uma faxina. Eu preciso de uma faxina. Pensei em xingar, mas era meu aniversário, droga. Trinta e cinco anos. E vazia. Bebi metade do café de uma só vez e tive alguns segundos de tontura.

Deixei a xícara e fui ao atelier observar alguns quadros pela metade ou antigos que não foram selecionados por Tereza para a exposição. Peguei um fio de carvão e comecei a desenhar curvas à vontade sobre uma tela virgem na mesa. De repente catei o pincel, despejei algumas tintas frescas no desenho e cobri os traços sem qualquer cuidado; o cheiro forte me recobrava a humanidade.

Pintar era sempre um aconchego, mas talvez o desejo de expor aqueles desenhos fosse muito mais de Tereza do que meu. Como da primeira vez, sentia que ela me usava como trampolim para o seu nome. Talvez por isso não tenha respondido àquelas mensagens ou me perturbado com os meus quadros não sendo aceitos por compradores ou outros museus. Então soltei o pincel e as tintas e me recostei próxima à janela.

O cinema do vazio me toma a consciência.

Ouço a porta da sala abrir suavemente e escuto os passos grossos de Damião seguidos por uma gritaria de pequenas vozes. Ando até lá, coração aos pulos, e vejo Henrique e Rafael, cada qual com um pequeno embrulho, correndo até mim. Eles me abraçam calorosamente devagar e vou sentindo meu peito se enchendo de vigor. É quente e tudo fica macio. Eles me dão presentes, cada um reivindicando o melhor afago, e logo os beijo com amor. Recebo duas estrelas brilhantes e ponho nos meus cabelos como uma galáxia.

Damião, plantado perto da sala, nos observa sorridente. Ele veste um terno cinza escuro e logo percebo meu vestido exuberante; um longo vermelho com aplicações, nas alças e na saia, de cristais, miçangas e lantejoulas.

— Parabéns — ele diz — o seu esforço foi recompensado.

Uma música nos inunda com os acordes psicodélicos de Iggy e Madonna. Hipólito surge no sofá, como se dormisse até agora, e começa a bater palmas em sequência, entusiasmado. Então ouço a escada, Tereza nos saúda com um sorriso acolhedor e um champanhe por abrir. As portas da sala abrem-se enormes e uma torrente de pessoas risca a nossa casa, alegres e bêbadas pelo meu aniversário.

Eu enfim sorrio como Tereza.

No fim, os nossos desejos são tão pequenos.

* * *

Adormeço no rio da solidão. Cochilo. Durmo.

Em mim, os trinta e cinco anos são uma espécie de ilha remota — causam ânsia.

Trimmm Trimmmm Cabelos em pé, acordo com o celular. Lembro vagamente sobre o dia que agora foi metamorfoseado pela lua; leves correntes de frio me circundam e sinto o suor do meu corpo desalinhado. Coço minhas têmporas enquanto o aparelho toca. A bateria dele mostra oito por cento e acredito que está melhor do que eu.

— Laura. Você está sentada? — ouço Olívia, ofegante, do outro lado.

— Dormindo. Na cama — respondo com voz um pouco irritada.

— Olha, não quero que você faça nada errado. Tenho uma notícia ruim.

— Mais uma? — provoco.

— Droga, Laura. Você não viu o jornal hoje?

— É meu aniversário, sabia? Você acha que eu vou ficar vendo jornal hoje? Conta logo o que você quer — pensei em falar do copo quebrado, do meu mal-estar e do tempo entre nuvens, mas Olívia não daria bola.

— Olha, minha querida, não desejei feliz aniversário ainda porque eu deveria fazer isso pessoalmente em alguns instantes. Alguns amigos seus...

Desliguei o telefone. Não aguentei os rodeios da minha irmã.

Passei a mão nos meus cabelos e observei o visor do celular escurecer devagar, cinza como as nuvens do dia. De quais amigos ela falava? Aqueles que pediam para eu esquecer meus filhos e tentar outros? Meus braços tremiam com a lembrança e o aparelho caiu no meu colo. Senti o cansaço me tomar por completa e quase adormeci mais uma vez, mas fui resgatada pelo pulso brilhante do celular. Era Olívia.

— O que foi? — perguntei, voz quase morta, me abraçando ao cobertor.

— Pelo jeito vou ter que falar isso da forma mais dura. Nossos pais morreram hoje naquela lotérica assaltada. Havíamos planejado te encontrar agora no fim de tarde para uma festa surpresa. Só soube das mortes quando a Polícia me ligou há alguns minutos, eles não disseram os nomes no jornal. Laura? Laura?

Não sei se não a respondi ou se o celular desligou sozinho primeiro, o fato é que Olívia não me ouviu.

30.

Cada pessoa uma lápide.
Cada lápide uma raiz na planície do cemitério.
Quando chegamos às covas, sentia angústia. Havia sol ao enterrarmos Tobias Quintino Tomás Coelho e Lourdes Maria Vitória Tomás Coelho. Vestia preto mais uma vez, contudo não era amparada por ninguém. Damião não mais estava aqui. Apenas aquela conhecida e crescente sensação de ausência dentro de mim.
Lembro que a cerimônia de Henrique foi rápida. Queriam que eu sarasse dele diminuindo o tempo que ficava longe dos meus braços.
Ao redor, Damião ouvia, cautelosamente, o meu pai; as bochechas grandes e as carnes grossas do meu velho sempre impressionaram aquele homem morto. Com Rafael, pulsando o eco fatal do meu corpo, ajoelhei por mais tempo em frente à sepultura. Sentia os meus intestinos arrancados ali, no sal da terra, dispostos como raiz forte em vaso pequeno. Damião me ajudou com os tremeliques dos meus braços, e o doutor Nogueira, sempre prestativo ao lado da família, retirou dois remédios do bolso para me consolar. Eu aceitei, naquela época, apenas por causa do olhar desconcertado da minha mãe. Agora, sem dona Lourdes, com o doutor Nogueira novamente se reaproximando de mim, sorrindo sem jeito com os dentes amarelados, ameaço-o.

— Que se dane o seu diploma! Se você chegar perto de mim de novo ou da minha família, eu te denuncio para a puta que pariu de Medicina! E se não der certo, eu chamo a Polícia, os Bombeiros, os jornalistas da TV, e te ponho atrás das grades, seu hipócrita!

— Laura, Laurinha. Doutor Nogueira, por favor — a Olívia sequestra o momento com sorriso dócil afastando o assustado médico de perto de mim. — O que está acontecendo, irmãzinha?

Até o Francisquinho ficou com medo. O padre Noberto ainda está falando as preces finais e você enxotando o doutor Nogueira assim.

— Que ele vá a merda! É um aproveitador.

— Laura, Laura, por favor. Olívia, meus pêsames. Não esperava revê-la nessas circunstâncias.

Damião.

Como se acordasse de um naufrágio somente agora, notei outras quinze pessoas no enterro, todos meio conhecidos, meio frequentadores da casa dos meus pais. E, próximo, Damião, cabelo cortado, barba aparada, cheirando à colônia e vestido em um terno negro que não foi comprado por mim.

— Laura, não vamos desrespeitar os seus pais nesse último momento — o desgraçado parecia razoável naquele instante com meias palavras e rosto sinceramente preocupado conosco.

— Olívia, não fale com esse estúpido também. E, Damião, tem um lugar naquela cova te aguardando.

Sem aguardar resposta, ultrapassei os presentes, pisei nas flores que recepcionavam o brilhante sol e me recolhi um pouco afastada da cova. O calor pesava no corpo e não havia nuvens ou sombra fresca. O padre pigarreou e voltou aos salmos finais. Desviei o olhar e percebi toda aquela febre na atmosfera queimando, silenciosamente, a caverna interior onde me refugiei desde a ligação de Olívia ontem. Damião era outra forma de o real e definitivo me esbofetear mais uma vez.

Agora me sinto uma sobra frente à vida. Sem meus filhos, sem meus pais, eu sou o resto de uma pintura; eles, essenciais, e eu, gordura de mim mesma. Aquela planície de raízes humanas me fazia tremer novamente. Apertei os meus cotovelos e senti um rio frio ganhando espaço dentro de mim.

Então observei o estúpido do Damião amparado pelos braços de outra mulher. Ela, com olhos miúdos e rosto estrangeiro, tentava acompanhar o momento solene, mas não parava os braços, as pernas e o pescoço porque suava em excesso. Não me importei, que derretesse por se intrometer com desconhecidos. De repente, senti uma curta brisa fresca pelo cemitério e folhas correram ao meu lado.

— Você não está sozinha — estremeci e olhei atrás da voz desconhecida. Era Hipólito.

— Quando chegou? — ele pegou meus braços e me abraçou por alguns segundos, rígido, sem responder.

— Exatamente agora. Me desculpe. A negociação do livro acabou ontem à noite. Então soube do crime e vim direto para cá com a ajuda da sua irmã. Ela me disse que você não atendia aos telefones.

— Não acha melhor ir embora e cuidar da sua carreira? Nada mais te prende aqui. O seu livro está escrito e Tereza não dá notícias há alguns dias.

Hipólito me olhou por alguns segundos descrente das minhas últimas palavras; o vento embaraçou o cabelo liso dele e seu óculos parecia embaçado. Suas mãos foram aos bolsos agora.

— Os editores mudaram o título do livro.

— Estamos falando coisas sem sentido? Então tá. Não vamos processar a Polícia pela falha na operação. Nem os bandidos por terem usado meus pais como escudo humano. Você viu aquela van na entrada do cemitério? É a Toda Emissora. Eles pretendem nos entrevistar na saída daqui. Querem saber por que não vamos fazer nada e vender a nossa tragédia na TV.

— O que você vai responder a eles? — o escritor chutava o chão, falando ao vento. À frente, o padre Noberto fechava seu livro.

— Qual o novo título?

— *Natureza morta*.

— Você queria me falar isso e dar um último cumprimento pela perda dos meus pais? Pode ir embora — um de frente ao outro, os óculos finos do escritor funcionavam como espécie de ponte entre nós.

— Como eu disse antes, você não está sozinha. Não saí da sua casa apenas para procurar uma editora ao meu livro, mas para pensar nas circunstâncias daquele beijo entre nós. Sou assexuado, é verdade, mas acredito que posso te oferecer outras respostas para as suas perguntas.

— Não estou entendendo, seja mais claro, por favor.

— Eu sei que não perdoa o Damião, mas dê a separação ao desgraçado. Não se trata apenas da liberdade dele, mas sua também.

— Você está me pedindo algo sem volta.

Antes que o escritor respondesse, somos interrompidos por Olívia em prantos caminhando na minha direção. Ela sequer cumprimenta Hipólito, ao invés, pede o meu corpo para as lágrimas. Nos abraçamos, ela, a minha família completa, dizendo coisas abafadas pelo contato do pranto. O escritor nos observa e sorri acanhado, desconfortável por estar fora dos livros. Quando minha irmã susta as lágrimas, dois casais mais velhos vêm até nós e manifestam seus sentimentos; em seguida uma mulher, dois caras, uma fila de amigos reveza-se prestando homenagem, dizendo todas as boas qualidades dos nossos velhos e relembrando histórias curtas e simpáticas sobre o passado em Minas Gerais. Surpreendentemente, não choro. Ouço. Ouço. Sorrio às vezes. Logo o calor do sol é neutralizado por uma nuvem grande e uma pequena onda de frescor macio me agarra. Mais um ciclo da natureza que sequer pede a minha opinião para acontecer.

Peço licença e saio da pequena roda que se formou ao redor de mim e Olívia. Hipólito faz movimento para me seguir, mas levanto o braço em negativa e ele entende, contrariado. Ando até a mulher carregada de suor e aquele homem morto. Ela sorri por alguns segundos, a roupa com nódoas de suor pelas extremidades, e diz qualquer palavra de consolo que não ouço. Vou até Damião e, surpreendendo-o, agarro no seu ombro e digo algumas coisas na orelha dele. Ele cheira bem, admito. Largo-o tão depressa quanto na chegada e volto até Olívia.

— O que você disse ao Damião?

— Que eu não quero carregar a memória dele e que procure Hipólito para resolver a separação.

Minha irmã continua calada e seus olhos percorrem os meus pensamentos, entre inquietos e surpresos. De repente, ela mira algo atrás de mim. Quando olho, uma mão estrangeira busca a minha para um cumprimento desajeitado.

— *Obigada*, muito obrigada, *xie xie* — a mulher continuou repetindo com olhos pequenos e longo sorriso. Damião, ao lado, avermelhava-se e tentava retirar a acompanhante da nossa presença. Olívia também sorria com o gesto inesperado enquanto eu apenas me deixava tocar pela gratidão alheia.

Um gesto maternal e inconsciente. A mulher, ao ainda me cumprimentar, e com Damião tentando afastá-la de nós, passou a mão esquerda na barriga e percebi o bojo do ventre. Uma lombada de gravidez não mais precoce. Então me senti ferida. Tirei a minha mão do cumprimento dela e meus olhos se desfizeram em passado.

— Chega, Laura, vamos — era Hipólito atrás de nós, preciso.

— Damião — os dois se cumprimentaram com olhares ponderados e, pouco depois, nos afastamos.

Ao longe, Francisquinho chutava flores murchas.

— Tenho um presentinho atrasado para você, Laura.

— O que disse, Hipólito?

— Que uma surpresa lhe aguarda.

31.

(uma mensagem na caixa postal)

— Boa tarde, artista, mil desculpas novamente. Não quero ficar repetindo sempre o mesmo roteiro, mas eu te devo sinceras condolências pela morte dos seus pais. Depois do Maranhão, fui chamada de última hora para uma inspeção em Brasília, depois São Paulo novamente, enfim, não é sobre isso que liguei. Vi a notícia dos seus pais no jornal, uma catástrofe, e bem no dia do seu aniversário. O imponderável realmente não se importa conosco. Mas se ainda me considera sua mentora, dou um conselho urgente: esqueça as pílulas, está me ouvindo? Imagino que a casa esteja silenciosa novamente, mas saia daí, volte à psicóloga, visite sua exposição e espero que a sua gaveta de remédios esteja vazia, meu bem. Outra coisa, não poderei visitá-la ainda porque vou a Roma amanhã representar você. Fiquei decepcionada com a falta de convites para as exposições na Europa, então decidi a viagem para cobrar pessoalmente a sua inclusão em alguns museus. A primeira estadia será em Roma, depois Londres, Zurique, e finalmente, um *drink* com o Emmanuel Perrotin em Paris para perguntar delicadamente por que ele não está me ouvindo quando digo que você, Laura, é uma artista brilhante. Em outros tempos, essa sequência de cidades maravilhosas seria uma desculpa à esbórnia, mas não é o caso, talvez seja mais um indício claro do meu envelhecimento. O tempo do corpo, esse bem finito. (Silêncio) Minhas condolências novamente, foi um prazer imenso conhecer os seus pais, sobretudo a dona Lourdes. Beijos e mantenho-a informada sobre o que eu conseguir na Europa.

32.

Hipólito me trouxe uma pasta grande e azul. Abri sem qualquer perspectiva e o que encontrei foram recortes de jornais com meus quadros impressos. Passei os olhos e perdi a respiração, surpresa. Jornalistas e críticos de arte noticiavam a exposição e analisavam a minha pintura.

— Você tem ideia do quão é difícil colocar Artes Plásticas no jornal hoje? Antes tínhamos dezenas de suplementos no país que falavam sobre livros, exposições, música, mas agora o jornalismo cultural está quase falido. Conquistar uma página no jornal é motivo para soltar fogos de alegria.

Lia os recortes e percebi meu rosto corar com aquelas palavras. Os críticos notavam a herança *caravaggiana* das minhas pinceladas e especulavam sobre os motivos que me fizeram pintar telas tão contrastantes e simbólicas como, por exemplo, o pequeno astronauta e a matilha de cães. "Quadros ultrarrealistas carregados de segredos", resumiu um repórter cultural.

— Como você conseguiu isso?

— Na verdade, Tereza tem uma boa equipe de assessoria no Centro Cultural mais os contatos apropriados no *Globo*, *Folha de São Paulo*, *Estado de Minas* e *Correio Brasiliense*. Veja aqui, tem uma chamada sua até no Ancelmo e uma matéria de duas folhas na Revista da Semana. O nome da sua professora é forte. Eu apenas reuni o material.

Abracei o Hipólito por entre as folhas recortadas.

— Você merece, Laura.

"A paleta de cores é diversa, contudo equilibrada. Os contornos das figuras se sobrepõem com respeito e clareza, e não temos aquele efeito esfumaçado que esconde uma técnica fraca ou preguiçosa. Laura Matias Coelho tem o pulso firme e sério que contradiz o tema de descontentamento com o mundo presente em alguns quadros. Uma estreia auspiciosa de uma pintora para ficar de olho."

Sorri após ler essa passagem e as mãos de Hipólito começaram a alisar meus cabelos.

Beijei o pescoço do escritor e percebi uma força no baixo ventre subindo até minha cabeça. Senti-me quente, adocicada, tão cheia de um novo vigor que, em segundos, explodi — uma onda em forma de pequenas gotas escorria por meu rosto, depois braços e cabelos. Deitei o jornal ao lado para não molhá-lo enquanto outras lágrimas seguiam, contentes.

— Você merece, Laura. A Tereza facilitou as coisas, mas o seu talento é inegável.

— Pra ser sincera, só há quatro críticas completas sobre o meu trabalho — respondi, limpando as lágrimas com o dorso da mão e agarrando outro recorte de jornal —, os demais textos são informações do *folder* da exposição e repetem algumas análises de Tereza — Hipólito sorriu —, mas é muito melhor do que passar em branco.

— Há dois segundos você estava murcha, não sabia de nada, e agora está ambiciosa por mais críticas? Que bom que eu te trouxe isso, querida.

Paramos. O Hipólito desafiou o momento ao limpar os óculos — devagar. Ele estava cego por poucos segundos e talvez quisesse mostrar um lado indefeso após me chamar de querida.

— Vamos ao atelier!

Peguei a pasta, puxei o escritor pelo braço e fui correndo até minhas outras pinturas. Em segundos afastei as espátulas e tintas da mesa central, limpei algumas migalhas de cor, esparramei os recortes pela mesa e fui colocando as reportagens sobre os cavaletes. Hipólito cerrou a janela até uma mínima fresta de vento noturno; a lua subia na atmosfera à frente e os prédios, todos iluminados e vivos, venciam a noite negra.

— O que é isso? — ele perguntou.

À frente de Hipólito, letras garrafais anunciavam quadros "surpreendentes e enigmáticos" e a imagem da minha *tuaregue* como referência.

— Uma nova exposição. Vou emoldurar as críticas nesta sala e fazer uma exposição sobre a própria exposição.

— Todas as quatro?

— As quatro e as outras que você disse que virão.

Nos abraçamos e percebi que sou pouco maior que ele. Sentia-me outra.

— Quando Tereza ficou interessada pelo meu trabalho, não dei muita bola. Pensei que ela estava querendo me usar de alguma forma que não entendia. Só continuei porque sempre a achei muito inteligente e pensei que, na pior das hipóteses, ainda me sobraria o conhecimento adquirido.

— Tereza engana com esse jeito de fortaleza — o escritor colocou as mãos na minha cintura. Nossos passos alinharam-se e começamos a dançar devagar; não havia música no ambiente, nos movimentávamos pelos batimentos do peito um do outro.

— Cheguei a pensar que era superestimada ou que o desejo dela tomava forma nos quadros, não o meu. Mas agora sinto independência. E é um absurdo toda essa euforia porque enterrei meus pais mais cedo e não tenho como desaguar tanta alegria.

— Sobre isso, quero te fazer uma grande proposta.

— Qual?

33.

Agora que estávamos casados, Meili sorria satisfeita. Estava tão contente que falava melhor o português, como se os papéis da união civil também a tivessem despertado o cérebro para o nosso idioma. Depois da separação dada pela Laura, corremos no cartório para registrar o nosso estado atual: éramos casados. Morávamos juntos de aluguel em uma casa escolhida por ela. Um gosto caro, é verdade, mas eu conseguia pagar. Quem casa quer casa, já me disseram muito, zombando minhas despesas.

Nossa união e a barriga dela cresciam. Meu filho se desenvolvia bem dentro de Meili e por vezes eu a remunerava as folgas, entendendo que mulheres grávidas necessitam de descanso com mais frequência. Não entendia por que a central me questionava aqueles direitos evidentes. Talvez quisessem insinuar que eu a beneficiava, mas era um absurdo porque nunca dei mole para empregado. Gravidez era coisa do divino, uma exceção plena.

Crescia também o nosso lar, e a verdade é que a casa em si, os tijolos e a estrutura com todos os enfeites possíveis, não era assim custosa de manter. Dispendioso mesmo era o que se punha dentro da casa e minha esposa, confesso, gostava de comprar. Das roupas às novas panelas, dos tapetes aos eletrodomésticos, entendia aquilo tudo como excessos de grávida. Algo justificável, sabemos. Meili não tinha desejos de comidas extravagantes pela madrugada, mas um novo sapato, novo vestido, novo edredom, e não só para ela, é verdade, mas para mim também, um novo terno, nova gravata, era a forma dela demonstrar carinho. E quando eu a questionava pelo valor daquelas coisas e a nova dívida que contraíamos, ela, docilmente, me beijava os lábios lembrando da minha função no mais novo hotel quatro estrelas da cidade. A lotação tinha melhorado, mas a pompa da empresa não significou um aumento bonito no meu salário ainda. Era então quando ela me fazia sonhar com a gerência regional, cargo que estava nos bolsos do senhor Bonfim — ele sempre na minha frente.

Se eu conseguisse essa nova gerência, ela poderia parar de trabalhar para cuidar apenas do nosso filho. Depois, Meili dizia, quando o menino pudesse se sustentar bem nos pés, ela voltaria ao trabalho, e eu concordava, aceso com a ideia de ser pai e ouvir uma criança necessitando de mim. Logo nos beijávamos e eu contraía uma nova dívida a ser paga com suor.

Outras horas, quando gerenciava o hotel, por vezes o Waldomiro rondava o antigo país dele como um expatriado buscando uma nova chance de reentrada. Principalmente pela manhã, quando o Gusmão guardava a porta, o cão aparecia para trocar um papo com o antigo colega de profissão. Eu observava sem querer porque a minha janela de gerente era acima da entrada do hotel. Sabendo disso, o Waldomiro gostava de papear banalidades com o gorila e olhar para cima algumas vezes como quem procura a minha presença. Eu era salvo pela janela cinzenta, uma heroína.

À noite, Qiao era um poste de bons modos apenas aos frequentadores do hotel. Para todos os outros, ela era um severo poste. Waldomiro tentara um papo com ela duas vezes e não saiu ileso do olhar de samurai da prima da Meili. Ele teve medo. Percebi por que conheço aquela covardia de ser presa, um frio incomum nos braços, uma onda de pânico quebrando pelo corpo e o cérebro desnorteado, indefeso, mínimo. Dei um aumento à Qiao, comecei a pagar regularmente seu adicional noturno.

34.

Gerente, por vezes, não tinha hora para deixar o trabalho. Saía apenas quando as obrigações do dia estavam cumpridas e após fazer algumas inspeções nos funcionários. Enquanto estivermos com essa estrela no peito, repetia à moda do senhor Bonfim, somos mais brasileiros que os outros brasileiros, e despertava os cidadãos do nosso país.

Quando tinha sorte, próximo da meia-noite, conseguia me desvencilhar das obrigações e ia para casa. O trajeto até o ônibus é curto e sempre encontro a rua nua de pessoas. Naquele deserto de concreto, as árvores farfalham com as folhas que lhes restam e os animais-humanos, a passos largos, correm aos seus refúgios. Aliás, não se ouvem dezenas de passadas em contato com o solo, mas poucos ruídos e todos eles desconfiáveis, quase sempre mendigos, andando e sobrevivendo pelas beiradas das estruturas. Cansado, piso suavemente e com pressa.

Duas esquinas até o ponto de ônibus e observo as sombras das folhas se movimentando na calçada; a dança incomum carrega um assovio macabro e de repente minha espinha dói como se eu fosse a presa de algo. Paro. Confirmo que são apenas as tintas negras das árvores com a lua por sob a criação, mas não consigo sorrir com o meu momento de bobo. Retomo o caminho com mais pressa agora.

Então o verdadeiro susto: um homem surge de uma rua transversal vestindo um pesado casaco. Dois segundos depois a mão direita dele revela uma arma pequena, porém real.

— Agora eu estou cobrando de verdade — ouço a voz feia do Waldomiro baixa, direcionada apenas a mim. À frente de nós, os carros não nos ouvem.

— Você está maluco, Waldomiro? Você ainda acha que eu o demiti e que estou te atrapalhando? Não é assim que se resolve.

— Você só me fudeu, Damião, só me fudeu. Me demitiu, me jogou na sarjeta, me fez morar com a louca da Tamara, me fez assumir um filho que não é meu, não quer me dar emprego, só me fudeu. E eu disse, não disse? Eu vou cobrar e agora estou cobrando — após ouvir as ameaças do Waldomiro, os meus braços, antes tensos, pegos de surpresa e medo, relaxaram. Deitei as esperanças no chão. Estávamos a seis metros de distância e o mundo inteiro nos ignorava. Gritar por socorro era inútil, as árvores na noite abafavam o meu desespero.

Na ignorância, tentei desviar do primeiro tiro. Ouvi o Waldomiro rir e caçoar do meu cargo enquanto a bala perfurava as minhas entranhas. Logo o cheiro de sangue no ar, um odor pesado, nauseante, sufocando também a minha consciência. Pensei que ele ia correr após o primeiro disparo, mas o desgraçado estava me aproveitando morrer. Pouco a pouco, a noite se tornava mais pesada e eu sentia uma vontade obrigatória de dormir.

Despertei, o peito ainda em chamas, com algum som abafado e potente.

— Puta chinesa — ouvi — sua desgraçada puta!

Juntei alguma força e me contorci até enxergar a Qiao ao meu lado. À frente, o Waldomiro não estava armado, mas pressionando a mão direita entre as pernas como se ela estivesse desmantelada. Segundos depois ele a chacoalha no ar e posso supor que a prima da Meili desarmara o cão. Mas como ela apareceu aqui?

— Consegue se mover, chefe? — Qiao mantinha os dois braços em posição de briga e não tirava os olhos do Waldomiro. Um pequeno rio de sangue descia do meu corpo e meu nariz continuava nauseado com o cheiro potente ao redor.

— Acho que sim. Vou tentar — com muito esforço, comprimi meus braços no local do tiro. A área, apesar de pequena, pulsava dor como um pequeno vulcão no corpo. Fiz força nas pernas e sem a ajuda de Qiao, me levantei, irregular como um bêbado.

— A prima me contou das ameaças. Mas agora você precisa de ajuda, consegue se movimentar até aquele beco?
— Acho que você está pedindo demais.
— Filho da puta, mas essa desgraçada vai ver — Waldomiro partiu para cima da Qiao e ela o enfrentou, concentrada. Não observei a luta, apenas tentei correr à medida que meu coração pulsava até a escuridão do beco próximo. Precisava chamar ajuda, qualquer pessoa me seria útil agora.

Entrei sem saber o que encontrar e um filete de sangue se formou atrás de mim. Eu era presa fácil de ser achada. Então ouvi algo de metal sendo chacoalhado.

— Ajuda, me ajudem — falei sem força nos pulmões. Dei um pequeno vômito e senti o sangue na minha garganta. Em minutos, eu desmaiaria novamente, agora por afogamento de mim mesmo.

— Ajuda, por favor — repeti e andei mais um pouco para a escuridão de onde o barulho metálico continuava. Em segundos, enxerguei olhos violentos, depois focinhos negros com dentes e a língua à mostra. Cães magros remexiam o lixo. Dois deles se apoiavam em uma lata de ferro para ficarem em pé e outro estava dentro furando sacolas e separando o que poderia ser uma refeição noturna. Quando me viram, pararam seus movimentos e rosnaram mostrando os afiados caninos.

Tirei o braço direito do peito e passei por meus olhos várias vezes, mas eles continuavam cães famintos; um deles desapoiou-se da lata e correu para trás de mim, fechando rapidamente a saída. Não ouvi mais Qiao ou Waldomiro e me perguntei se a noite se acalmara ou se eu estava débil.

O cão saiu de dentro da lata de lixo e a pequena matilha voltou a rosnar com mais intensidade e fome — eu estava cercado. Pingando devagar, o meu sangue era uma espécie de farol para eles. Então o primeiro bote por trás. Os dentes do cão pegaram a minha panturrilha e caí sentindo os caninos perfurarem a minha pele. Antes de gemer, um dos que estava à frente pulou no meu braço direito e o abocanhou com rapidez. Atrás, o cão largara a panturrilha para abocanhar parte da minha cintura. Os dentes deles eram como ferro na minha carne e, quando gritei de dor, vomitei uma pequena porção do sangue preso na garganta. Antes de a noite se apagar, o terceiro cão de bochechas secas me atacou com violência.

35.

Miúda e asséptica, a sala de espera onde eu e Hipólito aguardávamos parecia um consultório médico. O sol pouco derrotava as janelas entreabertas e ouvíamos vozes infantis lá fora. Meio-dia e Sônia nos aguarda.

Dez minutos de espera, o escritor quieto, confiante em seu plano, e eu intranquila, desconcertada, passando sempre a mão no cabelo como quem quisesse pensar mais uma vez uma recente ideia.

Alguns segundos mais, a juíza responsável pela Vara Familiar da cidade entra na sala, pede desculpas pela demora, ajeita seus óculos e confirma nossos nomes na ficha perto do peito.

— Me acompanhem, por favor — olhos contraídos como sobrecarregados pela rotina, a juíza Roberta Teixeira é uma mulher de pernas largas, sem cintura e que usa o cabelo escuro preso.

Hipólito agarra minha mão e a seguimos pelo corredor de onde ela viera. A passagem é estreita e observamos quatro salas à nossa direita com pessoas trabalhando em diversos papeis; um ou dois nos enxergam, mas rapidamente voltam aos ofícios.

— No momento, as crianças estão se divertindo no pátio interno. Nessa fase de aproximação vocês vão observar a pequena Sônia brincando com as outras meninas e a psicóloga do período, a Maria. Se vocês ainda tiverem vontade de adotá-la, na próxima vez que vierem, poderão brincar com ela também. Pensem realmente no que estão fazendo porque cada criança aqui não veio por vontade, mas porque sofreram um desastre na vida.

A juíza nos conduz até uma curva à direita e nos deparamos com novo corredor. Esta segunda passagem é mais larga e conta com um janelão cinza onde podemos enxergar as crianças brincando no parquinho do pátio interno da instituição. Outro casal também aguarda lá, estão próximos ao vidro apontando por alguém, fazendo gestos e sorrindo, ansiosos.

— A Sônia é aquela no balanço — a juíza aponta para uma menina que se esforça para se mover sozinha —, o cabelo dela ainda não cresceu muito e tem aquela cicatriz da queimadura no ombro direito. Felizmente a marca das costas não a impede mais de dormir. Ela é meio independente, como vocês podem enxergar. Agora, se me dão licença.

Assentimos e Roberta se dirige ao outro casal.

— Se a primeira impressão é a que fica, temos uma filha objetiva e autossuficiente — o Hipólito disse e sorriu em seguida.

Eu me encostei mais perto do vidro. A nossa atenção era toda para a menina inquieta se esforçando sozinha no balanço.

— Você disse filha. Tem certeza disso?

— Absoluta. E sabe do que mais tenho certeza?

Me virei para o Hipólito, surpreendida. Ele estava confiante demais com a escolha.

— O quê?

— Que se não fosse a juíza e esse vidro, você já teria ido lá no pátio empurrar aquele balanço — o escritor sorria com satisfação porque o que ele me propôs após o velório estava funcionando perfeitamente. Quase dois meses após o nosso casamento civil, voltei com as sessões de terapia e tínhamos a anuência da juíza para adotar uma criança.

36.

Sônia tinha sete anos. Na ficha dela, a mãe, única parente responsável, morreu queimada pela explosão de um botijão de gás em uma comunidade na Zona Norte da cidade. O fogo tomou algumas casas e a criança foi encontrada pelos bombeiros com queimaduras de segundo grau. A mãe, dona Cleonice das Neves, teve noventa por cento do corpo queimado e não sobreviveu às cirurgias. Sônia estava há dois anos no abrigo e éramos o primeiro casal em contato com ela.

* * *

Na segunda vez que encontramos a Soninha, balancei o seu balanço. Os cabelos dela batiam no ombro e não escondiam uma cicatriz em forma de rio que começava no pescoço, tomava parte das costas e terminava na marca da vacina BCG do braço direito. A pele dela tinha cor de castanha, mas o rio era vermelho-cinza, uma marca cauterizada que sempre a resgataria lembranças. Cabia a nós ouvi-la e dar carinho.

Senti o movimento do balanço acontecendo devagar, como tímido por si só, um deslocamento retardado, e minha consciência em um plano mais rápido, não apenas ali, naquele espaço interno da instituição, brincando com a Soninha, mas levando-a para casa, colocando-a na cama, brincando com os pincéis do meu atelier, ela por entre as telas, correndo, ela pintando, me pedindo doces, me ouvindo e eu a ouvindo histórias à noite, o cheiro na cama por acordar, o deslize de suas mãos doces, o pentear do cabelo curto, a pomada na cicatriz, ela dormindo em meus braços, nós nos acostumando a se acostumar com o cheiro uma da outra, nós duas sorrindo, gargalhando por qualquer dia preguiçoso em frente à TV, nós duas brincando enquanto o sol é em cima e a terra é embaixo.

— Laura, aconteceu alguma coisa? Seus olhos estão longe, querida.

— Nada. Um *dèjá vu*, talvez — voltei ao movimento do balanço.

— Como se já tivesse experimentado isso?

— Alguma coisa parecida — respondi, confusa.

— Sabe que muitas vezes sinto o mesmo ao seu lado? É incomum, mas é como se eu conhecesse você. Aliás, se não fosse essa ideia persistente dentro de mim, não teria te proposto todos esses planos.

— Pai, você balança mais forte? A mãe está indo devagar — então percebi que não a balançara antes e o pêndulo do brinquedo ia parando.

— O quê? — perguntou o Hipólito enquanto nós nos entreolhávamos.

— Quero balançar mais rápido, você faz, pai?

Eu e Hipólito ficamos imóveis ouvindo aquela pequena dizer coisas tão importantes sem qualquer cerimônia. Todos os papéis que ainda aguardavam, todas as leis e certidões eram menos fortes que aquelas palavras infantis.

— Parou, mãe? — Soninha nos olhando com olhos castanhos claros, o cabelo curto pouco se movimentando na brisa de verão, e a cicatriz de rio, um vestígio do que não se apaga.

— Não parou, a mãe continua. Pensa que o pai tem mais força que a mãe? Mas é exatamente o contrário, amor, você vai ver — aí a balancei com vontade, como se movimentasse os furacões na face da Terra ou talvez o próprio dínamo do universo. Sorri despudoramente com aquele momento e as estrelas invisíveis assentavam-se ao nosso redor, plenas. Hipólito, ao lado, mesmo sem o *laptop*, escrevia uma história conosco. Éramos lar e fábula.

Agradecimentos

A jornada da escrita e conclusão deste livro não foi possível sem a estimada ajuda dos seguintes amigos e amigas: Daniel Ribas, Carmen Belmont, Eduardo Villela, Camilla Agostini e Fernando Sousa Andrade. A todos eles meu especial muito obrigado pelas leituras e discussões sobre a história. A escrita se enriquece com a amizade.

EDITORAMOINHOS.COM.BR

Este livro foi composto em Adobe Caslon Pro,
em papel pólen soft, em junho de 2019, para a Editora Moinhos,
enquanto *No Problem*, de Chet Baker Quartet, tocava.
*
Acabava-se de descobrir conluios entre dois ~grandes~ juristas do país.